長編推理小説

花《か》実《じつ》のない森

松本清張プレミアム・ミステリー

松本清張

光 文 社

花実《かじつ》のない森◆目次

花実のない森

不似合《ふにあい》な夫婦

1

梅木隆介《うめきりゅうすけ》は所沢《ところざわ》街道を田無《たなし》の方面に走っていた。この小型乗用車は、去年の暮のボーナスと今年の夏のとを半分ずつ合わせて頭金にし、あとは、月賦払いで手に入れた。ここ数週間、日曜日ごとに念願のドライブに乗りまわしている。

朝から秩父《ちちぶ》あたりまで行っての帰りだったが、癖《くせ》で、同じ道を往復したくなかったから、川越《かわごえ》を回って所沢から青梅《おうめ》街道に抜けて都内にはいるつもりであった。

残暑は厳《きび》しくても、夜の十時ともなるとアスファルトの熱気も冷《さ》めている。ことにいま走っているこの辺は雑木林が多く、道の両側は高い並木になっていた。この付近ぐらい武蔵野《むさしの》の名残りをとどめているところはない。両側から欅《けやき》が空を包むようにかぶさっている。日曜日はトラックも少ないし、思いきり飛ばすことができた。近くにゴルフ場などがあったりして、暗い防風林の中から洩れる農家の灯《ひ》を見る以外、まばらな沿道の家も戸を閉めていた。

突然、ヘッドライトの前方に人影が白く浮かぶのが見えた。こちらを向いて手を振っているのが女だった。淡い水いろのネッカチーフに頭を包んでいた。フレアーのある真っ白なワンピースが、光の先に眩《まぶ》しく浮かびあがっている。その肩に重なるようにグレーの背広をきた男がいたが、道のまんなか近くに身体《からだ》をせりだして両手をひろげていた。

男が走ってきて、急ブレーキをかけた梅木をのぞいた。

「やあ、すみません」

と、二三度つづけて頭を下げた。

「どちらのほうにお帰りですか？　いや、じつはタクシーを拾うつもりで待ってるのですが、どうも全然こないので弱っています。もし、都内のほうへお帰りでしたら、便乗させていただけませんか。」

と、眼で座席のほうをうかがい、誰も乗っていないとたしかめて、もう半分は安心している。四十前後の男の顔だった。

「都内に帰ります。」

梅木隆介は女に視線を移した。男づれ二人だったら無用心ということもある。女づれなら、強盗の危険はないとみた。場所が寂しいのである。

男は女を振りむいた。

「おい、都内にお帰りになるそうだ。君からもお願いしろよ。」

ネッカチーフの女が急ぎ足で寄ってきた。梅木隆介の位置からいえば、運転台の窓から二人の顔が並んでのぞいたことになる。

「恐れいります。もし、お願いできたら助かりますが。」

ヘッドライトの先に浮かんだ瞬間に見た顔は、思いがけなく美しく見えたが、いま、間近に見ても、それは変わらなかった。ほの白い細おもては睫《まつげ》の長い大きな黒瞳《め》が強いアクセントになっている。淡い水いろのネッカチーフにつつまれた白い顔が典雅に映った。

「タクシーが通ると思って待っていたのが間違いでした。」

と、女はつづけた。やや低めの澄《す》んだ声であった。

「もう一時間ぐらい待ってましたの。通りかかる車も座席がいっぱいだったり、気味が悪くて乗れなかったりして、ほんとに困ってましたわ。」

「まさかここから田無まで歩くわけにもいかないし、」

と、男があとを引きとって言った。

「ぼくはいいんですが、家内がくたびれていましてね。田無まではまだたっぷりと十キロぐらいはあるでしょう。それにこんな時間ですから、恐縮ですが、お願いできたら、ほんとに助かります。」

梅木隆介はぽつんと答えた。

「お乗りなさい。」

「や、そうですか。」

男はうれしそうな声をあげた。

「どうも恐縮ですな。こりゃあ大助かりです。」

「ありがとうございます。」

女はほの白い顔を微笑《わら》わせた。暗いところで白い歯が目立つ。

こんな場合、ドライバーはあまり愛想をみせないものだった。梅木は無表情に、うしろむきにドアを外側に押した。

二人はいそいそとして座席に乗りこんだ。

「やれやれ。」

と、男は腰をクッションに落として言った。いかにも疲れた格好だった。

「これでほっとしたね。」

「ほんとうに……一時はどうなるかと思いましたわ。」

梅木はバックミラーの位置を直し、アクセルを踏んだ。

「きれいな自動車《くるま》ですわね。」

と、女は横の男に言っていた。

「そうだな。」

男は車内を見まわすようにして上着を脱いだ。

「これは最近、お求めになったんですね？」

男は梅木隆介に話しかけた。

「ええ。」

彼は両側に雑木林がつづいている道を走っていた。林が切れると、遠い森の上に星空がひろがった。

「羨《うらや》ましいですな。」

と、男は言った。車に乗せてもらった相手の恩義を考えて、梅木には、多少それが媚《こび》に聞こえた。

「あなたもお買いになったら？」

女は夫に言っていた。

「なかなか、われわれの安月給では車まで手が回らないよ。」

男は笑っている。夫婦は梅木隆介を金持の青年のように思っているらしかった。たとえ小型車でも自家用車となれば他人の眼にそううつるらしく、梅木隆介は少し満足した。苦労してボーナスを二回分節約したが、これから自動車屋の月賦払いに追われるとは他人にはわからないことだ。

「運転、お上手ですわね。」

女は背後から梅木の耳に聞こえるように夫に言った。

「そうだね……相当、運転のご経験が長いようですな?」

と、男は梅木に話しかけた。

「ええ、前の車を一台乗りつぶしましたからね。」

嘘《うそ》である。この車のために練習所に通っただけの経験だった。

「ほう、それは……」

男が大げさに感嘆した。

梅木は、ときどきバックミラーを見た。ルームライトは消えているが、夫婦の様子は暗い中でもわかった。そのうえ、すれ違う車がライトを射《さ》しこませるので、そのたびに鏡の中の二人の顔が輝き出た。

男は四角い感じの顔だった。眉も眼も細く、唇が厚い。鼻は肥えていた。口辺がうす黒いのは、髭《ひげ》が濃いからだ。中年男のうす汚れた面相だった。品が悪いが逞《たくま》しい感じであることはたしかだった。

妻は三十前だろうが、梅木隆介とはそう違わないように見えた。

白いワンピースは単純だがいいカットだった。

梅木は、彼自身もおしゃれで服装に凝《こ》るほうだし、女の服装にもうるさいほうだ。

女は、華奢《きやしや》なからだつきなのに胸の線はみごとであった。頸《くび》から胸にペンダントの銀いろのくさりが光っていたが、この趣味は悪くなかった。

折りからすれちがったヘッドライトの強い光線で、その顔もくっきりと浮きあがった。やはり眼が大きい。すんなりと通った鼻梁《びりよう》の下に、引きしまってかたちのいい唇があった。わかわかしいが、中年にすすむ前の成熟さが滲《にじ》み出ている。

梅木隆介は好奇心を起こした。

座席の夫婦の様子が梅木の運転の注意を半分奪った。両人《ふたり》は身体《からだ》を寄せてすわっていた。もっとも車の中は狭いので、これは寄りそうより仕方がない。それにしても夫婦仲がひどくいい。こっそりと手も握りあっているようだった。

梅木隆介は、いい気なものだと少々癪《しやく》にさわったが、もしかすると、妻のほうは二度めではないかと思った。年齢的にも夫とかなり離れているようだ。普通の夫婦だったら、もっと淡泊な様子でなければならない。バックミラーに映《うつ》る夫の姿は若い女房がかわいくて仕方がない様子にみえた。

しかし、人の妻ながら、この女はたしかに魅力があった。梅木も女あそびを知らないわけではない。これまでのつきあいの中には年上の女もいたし、人妻もいた。

だが、この女には、今まで彼がつきあった女の誰もが持っていないような何かが感じられる。きれいな顔に違いないが、それだけではなかった。

夫の背広がかなりくたびれているのに、女が高価なものらしいワンピースを着ているのもちぐはぐな感じだが、それだけ夫は若い女房におぼれているのにちがいない。女が身体を動かすたびに運転席にまでただよってくる香りが、梅木隆介も知っているフランス製の〝スキャンダル〟だった。特徴のつよい香りである。

車は田無を曲がって青梅街道を走っていた。この辺も両側に雑木林が多い。後ろではひそひそ話し声がする。言葉になって聞こえないだけに、さざめごとに似て、危険なことに梅木隆介の注意を背中へ奪った。

車の数がしだいにふえてくる。前方からくるライトが座席の二人を照射する回数も多くなる。梅木は頻繁《ひんぱん》に眼を鏡に走らせる仕儀となった。

男は妻の耳もとに顔を寄せて、しきりと話していた。それが、あたかも情事を誘うがごとき感じである。妻は顔をこちらに向けたままでいた。亭主のささやきを受けながら、眼を前に向けているのだが、運転している梅木は、その女から自分が見つめられているような気がした。

青梅街道も荻窪《おぎくぼ》近くにきて、完全に都内の明かるさとなった。

「悪いから、この辺で降ろしてもらおうか。」

と、亭主は妻に言っていた。

「そうね。でも、どこまでいらっしゃるのか知らないけれど、もし、新宿をお通りになるんだったら、そこまで乗せていただいたらどうかしら。」

女は低い声で答えた。

「しかし、悪いからな。タクシーは走ってるんだから、ここで降りよう。」

「だって、新宿までもうすぐだわ。」

と、女は粘《ねば》った。

梅木は、女が降りたがらないのは、タクシーに代える計算高さからでなく、この車が心地よいからだと解釈した。梅木は、亭主のほうはどうでもいいが、女は降ろしたくはなかった。

「すみません。」

と、妻のほうが思いきったように梅木に話しかけた。

「新宿をお通りになるんじゃありません？」

「はあ、通りますよ。」

梅木隆介は無愛想に答えた。

「そら、やっぱりそうだわ。」

妻は夫をふりむいてから、

「申しわけありませんが、新宿まで乗せていただいてよろしいでしょうか？」

「かまいませんよ。どうせついでですから。」

「ほんとにご迷惑をかけてすみません。」

女は明かるい声で礼を言った。

「ほんとに申しわけありませんね。」

と、亭主の濁《にご》った声がつづいた。

「いや、ほんとに助かりましたよ。」

「いいお方にめぐり会ってよかったわ。」

その言葉がおせじとはわかっても、梅木は不満でなかった。

「日曜日ごとにドライブなさいますの？」

と、女はきいてきた。快い甘さを感じる澄んだ声だった。

「ええ、まあ、そんなところです。」

「おたのしみですわね。羨《うらや》ましいわ。」

女は、人妻らしく言ってみせた。あまり余裕のある生活を持っていないことがその言葉で推察された。

新宿駅の西口近くに来た。都会の灯の中をおびただしい車が泳いでいた。

「ありがとうございました。その辺で結構ですわ。」

妻が礼をのべた。

「ほんとにお世話になりました。」

男は車中で脱いだ上着を小脇に抱え、座席から腰を浮かした。

2

梅木隆介は、雑司ヶ谷《ぞうしがや》のアパートに帰った。車は道路の端に野ざらしである。数年前から車が欲しくて仕方がなかった。倹約して、念願の小型車をやっと手に入れた。安サラリーだから独身生活でも苦しかったが、これからはこの月賦払いで地獄の苦しみになるだろう。払いがすむまで倹約することを決心している。

車の掃除はいつも入念だった。雨上がりの日などは、ことにていねいに精を出した。そのうち、もっと金を貯めたら、この車を買い替えようと思っている。

ほかのことには不精《ぶしょう》な彼も、車の世話だけは苦にならない。今夜も十一時を過ぎていたが、飯よりもまず掃除だった。車は埃《ほこり》だらけになっている。奥秩父の悪い路《みち》を転がしてきたので、タイヤも泥だらけだった。疲れていたが、そのままでは気になって寝られなかった。梅木は、まず座席の掃除からかかったが、ふとクッションの隅に、茶色の名刺入れが落ちているのを見つけた。

あの男のものだ。上着を脱いだときにポケットからすべり落ちたものであろう。

梅木隆介は名刺入れをあけてみた。中に、二十五六枚ぐらい詰まっている。出してみると、〝富士商事株式会社営業部課長　浜田弘《はまだひろし》〟という名刺がほかのものよりいちばん多い。あとは他の会社や銀行のものが一枚ずつである。これは当人の取引関係らしい。浜田の会社名の横には〝新宿区東大久保××番地　岡野アパート〟と書きそえてある。これが自宅らしい。あの夫婦が新宿で降りたはずだった。東大久保なら、すぐ目の先である。

梅木が、その名刺入れをズボンのポケットにすべりこませて掃除をつづけていると、今度は座席の下から、何やら光る金属製のものを見つけた。拾いあげてみると、六センチと三センチほどの楕円形をしたペンダントだった。月桂樹の葉の形をしたまわりを小粒の真珠がかこんである。

あの女のものだ。そういえば、ヘッドライトに銀いろのくさりがきらめいていたのをおぼえている。

梅木隆介は、そのペンダントを銅貨のように掌《て》の上でもてあそんだ。上のほうの環《わ》が切れているところを見ると、女の頸に巻いた銀のくさりからもげたものと思える。わりあい重みのある大型のペンダントだし細いくさりだから、少し乱暴にするとこわれやすいのだ。

梅木隆介は、このペンダントが引きちぎれるほど女が亭主の身体に身をこすりつけていたかと思うといまいましくなった。あのとき、バックミラーをときどきのぞいたのだが、暗くてそこまでは見さだめられなかった。

あの場所から新宿くんだりまでタダで乗せてやったうえに、後ろでふざけられたら世話はないと思った。夫婦というよりも、恋人どうしのやりかただが、それも年上の夫が妻をかわいがっているからだろう。しかし、女のほうもあんな上品な美しい顔をしながら厚かましいことである。

梅木隆介は、あんな魅力のない男に、あの女房ではもったいないなと思った。男がひどく金持ならともかく、富士商事という名前は聞いたこともないから、どうせ三流か四流どころの会社に違いない。そこの課長だといってもタカがしれている。現に車を買う話のときでも、いや、なかなかわれわれには手が届きませんよ、と自嘲的に言っていた。あれが本音であろう。

このペンダントはちょっとしゃれているが、あの亭主がボーナスか何かのときに無理をして、若い女房の歓心を買うために与えたのかもしれない。地味な女房とは思われない。もしかすると、バーか何かの水商売の女で、男が夢中になって通い、とうとう家に引き入れたというところではなかろうか。男には前に細君があってそれを追いだし、あの女と結婚した。世間によくある例である。

だが、梅木は、その考えをすぐ自分で否定していた。あの女は決してバーやナイトクラブの女ではない。あの顔は、良家に大事にされて育った女だけが持っているような典雅な感じがあった。

彼は、そのペンダントに眼を凝《こ》らした。そして、銀いろの表面にかな文字が刻んであるのに気づいた。

もみぢばのちりゆくなべにたまつさのつかひをみればあひしひおもほゆ

梅木は鼻でわらった。あの下品な亭主では、この万葉歌のほうが泣くだろう。臆面《おくめん》もないことである。

梅木隆介はあくる日の夕方、新宿区東大久保の奥を捜して行った。番地を頼りにしたのだが、なかなか名刺のアパートはわからなかった。相手の亭主が戻っているころを予想して、わざと七時を過ぎるのを待ったのだが、やっと〝岡野アパート〟の標札を見つけたときは、三十分も、うろうろしたあげくだった。

アパートは路地の奥にあった。近ごろはやりのモルタル造りだが小さなものだ。こんなところに住んでいるなら、男の収入が想像できた。

玄関をはいって壁ぎわにならんでいる名札を見ると、浜田弘は二階の三号室だった。

梅木は、草履や下駄の散乱している土間から、直接に二階にあがった。廊下をはさんで両側に部屋が並んでいるのは普通のアパートと変わりはない。暑い折りだから、どの部屋も窓をあけ、入口のドアを開け放っていた。

三号室はあがって二つめだったが、開け放されているドアの中に、外からは見えないようにうすいのれんのようなものが下がっていた。窓には青いすだれがあった。

茶碗の音がしているところをみると、夕食らしかった。あの女が亭主に飯をよそっている様子を想像しながら、梅木はドアのところから声を掛けた。

「はい。」という内からの返事を聞いておやと思った。その一声を聞いただけであの含みのあるきれいな声とは調子が違っている。これはのぶとい声だった。のれんを手で分けてのぞいたのは、四十近い女で、彼女とは似ても似つかぬ顔であった。眉が薄く、眼がつりあがっている。頬骨が出て頬がすぼみ、首に筋と皺《しわ》が浮いていた。

梅木は部屋を間違えたのかと思った。

「こちらさんは浜田さんですね？」

「はあ、そうですが……。」

「ぼくは、昨夜、浜田さんを車でお送りしたものですが。」

「ああ、運転手さん？」

と、女はにごった眼で見た。

すると、この問答を聞いていたように、奥から人が起きあがった気配がし、その女のうしろから男の顔がのぞいた。昨夜の浜田弘だった。梅木の顔を見て、あっといった顔になった。

「昨夜は失礼しました。」

と、梅木は言った。

「車の中にあなたの名刺入れが落ちていましたので、届けにきたんです。」

「それは、わざわざ、どうも。」

浜田弘は礼を言ったが、妙《みょう》にそわそわして、狐のような顔の女に、

「じつは、昨夜、この方にちょっと車に乗せてもらったのでね。」

と、短く弁解めいて説明した。

浜田弘はその女を紹介しなかったが、疑うような眼つきで突っ立っている女が、彼の実際の女房だとは、すぐに合点《がてん》した。

「すみません。ここでは狭くてお茶も差しあげられませんから表へ出ましょう。その辺で冷たいものでも飲みましょう。」

と、浜田は急いで言った。

梅木が断わっても、

「いや、それでは私の気持がすみません。せっかく届けてくださったんですから……おい、ちょっと行ってくるよ。」

と、浜田は本当の女房に言い、こそこそと財布を浴衣《ゆかた》の懐《ふところ》に入れた。そのままの格好で梅木を外に押しだすようにした。痩《や》せた女はうしろから怪しむように見ていた。

「昨夜は、ほんとにありがとうございました。」

アパートから外の道に出た浜田は、はじめて落ちついて梅木に礼を言った。

「いやア、おかげさまでね、あなたの車に乗せてもらって助かりました。」

浜田は、いま家にいた女が自分の女房とはわかっていても、そうとは言わなかった。昨夜、車に乗せた女をはっきりと「家内です。」と紹介している手前、体裁《ていさい》が悪いのである。梅木隆介は、ペンダントをポケットの中にしのばせている。今夜、このアパートにわざわざ訪ねてきたのも、この男に名刺入れを渡すためでなく、昨夜の女に会ってみたいからだった。

こうなると、あの女が、浜田の愛人とわかったが、どこにいるのだろう。

「そこでちょっと、ビールでも飲みませんか?」

浜田が誘った。

「いや、結構ですよ。」

「まあ、そう遠慮なさらないで。」

「ちょっと用がありますから、ぼくはこれで失礼します。」

こんなうすぎたない中年男と向かいあって、ビールを飲んでも仕方がなく、よれよれの浴衣の浜田からさっさと離れた。

3

梅木隆介は会社にいた。小さな商事会社である。せっかく買った車だが、それに乗って通勤するには会社のほうが気恥ずかしいだろうと思い、相変わらず電車であった。

午後になって、藤村真弓《ふじむらまゆみ》から電話がかかってきた。

「今日は夕方かえれるんだけど、映画でもみない?」

真弓は丸の内のビルの中にある喫茶店のウェイトレスをしていた。

いつもの彼だったら、いいよ、というところだったが、今日の彼には、退社してからの予定があった。

「用事があるんだよ。」

と、断わった。

「どこかに行くの?」

「会社の用でね。あるところに使いに行かなくてはいけない。今日はだめだよ。」

「がっかりだわ。せっかく今日は早く帰れると思ったのに……。」

真弓は電話で鼻声を出した。

「しばらく会ってないわ。」

「この次にしてくれ。」

「いつごろ？」

「そうだな。」

考えて、一週間先と言った。一週間あればあの女の正体は突きとめられると思った。

「そんなに先なの？」

「我慢しろよ。いま社では決算期の前でね、忙しくて仕方がないんだ。」

「一週間先ならきっと大丈夫なのね？」

「ああ、こちらから電話するよ。」

梅木隆介は煙草をふかした。

真弓は彼より六つ年下だった。もうつきあいはじめてから一年になる。彼女のほうは結婚するつもりらしいが、彼にはその意思はなかった。

梅木は、退社してすぐに浜田弘の会社の近くに行き、浜田を尾行するつもりだった。浜田はあの女と必ずどこかで会っている。女の正体を知るには、それが早道のようだった。

ものずきな尾行

1

富士商事株式会社は京橋《きょうばし》の裏のほうにあった。狭い路を挟んで大小のビルがいくつかあるが、近所に中華そば屋や天ぷら屋などがならんで、ひどく雑然とした地帯だった。

富士商事はその中ぐらいなビルの中だ。梅木は、その会社と自分の退社時間とがいっしょだったら困ると思ったが、相手は中小企業に少し毛の生えた程度らしく、退社時間は六時となっている。これは、梅木がそのビルの入口に行って、警備員にたしかめたことだった。

これで一時間ほど時差があるのはありがたかった。彼は、五時に仕事をしまうと、急いで京橋に行き、そのビルの前で浜田弘を張ることにした。

待つほどのこともなかった。六時を過ぎたころ、そのビルの表からぞろぞろと勤め人が出てきたが、その中から梅木が、見おぼえのある浜田の顔を発見するのに苦労はいらなかった。

浜田はきちんとした身装《みなり》をしている。ちょっとした中年の身ぎれいなサラリーマンだった。あのアパートの二階から、よれよれの浴衣を着て、ボロ下駄をひきずって出てきた男とは思われない。

梅木は、彼のあとを尾《つ》けた。浜田弘は東京駅に行くまで二三人の同僚たちと話していたが、やがて一人になって中央線のホームに出る階段を上がっていく。

梅木は、浜田がもし、あの女とどこかで待ちあわせるとしたら、東京駅に行くまでの途中だと思った。中央線のホームに出たのでは、東大久保のアパートに戻るだけであろう。事実浜田は、立川《たちかわ》行の電車に争って乗りこんでいった。

梅木は、相手が帰宅するとわかったので、この辺で追跡をやめようかと思ったが、万一ということもあるので同じ電車に乗った。席を得た浜田は、だらしなく腰掛けて週刊誌を読んでいる。

そのまま新宿までまっすぐだった。あとは、予想どおり、浜田は山手線に乗りかえて新大久保まで行き、そこで降りて、昨日のアパートの方角へ行った。

これで第一日めの尾行は終わった。

しかし、参考にはなった。これからは、浜田が東京駅の中央線ホームに行けば、まず、家に帰るものと決めていい。

梅木が浜田の帰宅コースの変化を眼にしたのは、尾行をはじめて四回めだった。もっとも、あいだに三日ぐらい空白があった。二回は会社の残業だったし、一回は藤村真弓が会ってくれとうるさく電話をかけてきたので、やむをえずそっちのほうに時間を割《さ》いたのだ。

その日は雨が降りそうなくらい暗く曇っていた。梅木には予感があった。こういう天気が、えてして女と逢《あ》うにはふさわしい。その予感は当たった。ビルから出たときからすでに浜田は元気そうだった。これまでの観察では、浜田はひとりでうつむきかげんに手提鞄を持ってとぼとぼと東京駅まで歩くのだが、その日は、途中までいっしょだった同僚とも冗談を言いあい、はしゃいでいる様子だった。

その同僚たちと別れた浜田は手を上げて、タクシーを停めた。

幸い空車がつづいて来ていた。

梅木は運転手に前の車のあとからつづくように言い、前方をみつめていたが、この辺は信号も多いし、そんなに速く走れないので、尾《つ》けるのには便利だった。遅れても、赤信号にくるとたちまち接近できる。

（タクシーを奮発したところをみると、あの女に逢《あ》いにいくのに間違いない。あいつ、張りきっている。)

タクシーは大手町《おおてまち》から濠端《ほりばた》へ出た。神田《かんだ》のほうに行くかと思うと、そうではなかった。車はずっと濠端沿いに進み、竹橋を渡って皇居の石垣のあいだを走った。まっすぐに行くと番町《ばんちょう》に出ることは、梅木も知っている。問題は、そこからどう行くかだ。車は左に曲がって半蔵門《はんぞうもん》のほうへ行き、都電に沿った。

前のタクシーが停まったのは、その都電通りからちょっとはいりこんだ静かな町だった。このあたりは麹町《こうじまち》だが、タクシーから降りた浜田は料金を払うと、振りかえりもせず二三軒先のしゃれた喫茶店の中に姿を消した。まったく無警戒だった。

梅木は、喫茶店の名を〝パゴダ〟とたしかめた。知らぬ顔をして、いちおう、表を横眼で通りすぎたが、入口にはガラス戸越しに女の子が立っていた。

問題は、梅木がその中にはいったとき、先に席に着いている浜田に、顔を見られる危険があることだった。あまり混んでいない喫茶店らしい。

あたりを見まわすと、二三軒向こうに雑貨屋が眼についた。思いつくまま登山帽を買った。これは暑い陽盛りには陽除《ひよ》けにもなるので、いまかぶっていても不自然ではない。帽子一つで人間の人相はがらりと変わるものだ。

そのまま店の中にはいった。

店内は予想どおり狭い。眼についた五六人の客の中に浜田弘の姿はなかった。おやと思ったが、気がつくと、片隅に一列にならんでいるテーブルの一つに、浜田より先にあの女の顔が眼にはいった。浜田は向こうむきにすわっているのだ。女は店にはいってきた梅木には気がつかず、浜田と話しこんでいた。

梅木は彼らの位置から斜めになるように席に着いた。煙草をくわえ、うつむいてライターを鳴らした。

梅木は、クリームソーダと煙草とを交互にのみながら、まず女のほうを先に観察した。この前はネッカチーフをかぶっていたので、今は、やや顔の印象がちがってみえる。しかし、決して失望はしなかった。こうして間接照明の淡い光線の中で眺めると、その格好のいい輪郭はやわらかい光と影をつけて浮かびあがり、額も、眼も、頬もすこぶる整った配列を見せていた。

黒い髪は頬のまわりにゆるやかに波打って、いっそうくっきりと色白く見える。今日は白に近い淡いグレーのスーツだった。

梅木は、浜田が親しそうに女と話しているのを眺めているうち、少々妬《ねた》ましくなってきた。あの男、決して魅力があるとは思えないが、どうして、あんな女を手に入れたのだろうか。バーや喫茶店の女ではなさそうだ。どう見ても、女のほうが男より数段上等である。熱心に女に話しかけている浜田の様子も、どこか機嫌をとっているようだった。女は、男のしゃべるのを微笑して聞いている。ときどき短い返事をしたり、コーヒーに手を出したりしていた。

それにしても、銀座あたりでなくて、こういう番町あたりで出会うというのは、わざと繁華な場所を避けたのか。それとも両方の住居《すまい》の都合を考えてここにしたのだろうか。

浜田は東大久保のほうだが、勤め先の京橋からここにかけつけた。では、女のほうはこの近所だろうか。それともこの地点がちょうど真ん中に当たるどの辺かに彼女の住居があるのだろうか。この前は送った車で二人を新宿に降ろしたが、浜田のほうはそれでわかるとして、女の居場所がわからない。新宿からあまり遠いとは思われないが……。

梅木は、ポケットの中に女のペンダントを忍ばせている。これが彼女に近づく唯一《ゆいつ》のパスだった。それだけに相手に渡す時機を選ばねばならぬ。早すぎてもいけないし、遅すぎてもまずい。二人の話しあいは、どうやら終わったらしい。男が煙草を灰皿にもみ消して、伝票を指につかんでいる。

梅木は、相手がタクシーで行く場合を想像して、先にその店を出た。二人がその辺の車を拾って走り去った場合、あとから来る車をまたうろうろと捜していたのでは追跡が間に合わない。

梅木は通りかかったタクシーを停めた。

「君、あの店からでてくる客がほかのタクシーでどこかに行くはずだから、そのあとを尾《つ》けてくれないか。」

運転手は年配の男だったが、素直に承知した。もっとも梅木が余分に五百円ほどチップを出すと言ったからでもある。運転手は気をきかせてその喫茶店から四五軒離れた軒下に寄って駐車した。

梅木が座席からフロント越しに眺めていると、浜田と女とはつづいて出てきた。外は暮れて街の灯が輝きを増していた。その灯の下で、女の彫りの深い顔は陰影を近代的な感じでつけていた。すらりとした華奢《きやしや》な姿である。

浜田のほうは、どう考えても見劣りがする。額は禿《は》げあがっているし、扁平《へんぺい》な顔だ。貧弱な服装は安サラリーマン以上にはふめない。その眼も唇も卑《いや》しそうだ。からだつきは逞《たくま》しいが、ずんぐりとしている。

二人は、喫茶店の前に立ちどまって、往来の左右を見ている。思ったとおり、タクシーを拾うつもりなのだ。

いったい、二人は、これからどこに行こうというのか。梅木の最初の想像に旅館があった。時間もころあいである。

だが、二人がどこに行こうと、彼は今夜はがんばるつもりだった。どうせ彼らは泊まるわけではないから、旅館から出てくるまで外で待つ決心だった。少々ばかばかしいが、やむをえなかった。彼は、例のマークのネオンの輝く暗やみで二三時間ぼんやり突っ立っている自分の姿を空想した。

あの二人は前から関係がつづいているらしい。それも浅い月日ではないように思われた。彼らは、ほんとうに恋人同士なのか、梅木は、浜田があの女を存分に自由にしているかと思うと彼に対して言いようのない怒りが湧《わ》いた。世にはこんなにも不似合《ふにあい》な恋愛もあるものだろうか。いやなことだがよくあることだ。たとえ、みっともない男でも、男には金があり女は貧しいというのならまだわかる。だが、この二人は反対なのだ。

二人は、ようやく通りかかった空車を停めた。

「さあ、あのあとをずっとはぐれないように尾《つ》けてくれ。」

梅木は運転手に命じた。

前の車は電車通りに出て、新宿の方角へまっすぐに行く。梅木隆介は、自分の考えたとおりだと思った。

前の車のうしろ窓には外からの灯が射《さ》しこむたびに二人の寄りそった影が映った。

どうして、あんなおもしろくもない男にあれほどの女が興味をもつのだろうか。——

梅木は、ふしぎで仕方がない。金があるというわけではなし、風采も見たとおりだ。それとも男にはわからぬ特別な魅力が彼にあるというのだろうか。この前、あの男のアパートに訪ねたとき、眉のうすい、眼のつりあがった、瘦《や》せた女房が顔を出したが、まあ、あれくらいな女があの男にふさわしいところだ。それともあいつは、あんがい、女にかけては手練《てだれ》の者かもしれぬ。

だが、女のほうはどうだろう？　見たところ、服装もいいし、何よりもあの美しさだ。しかも、どうみても良家の令嬢か若奥様という品の良さである。

どういう生活をしている女だろうか。未亡人かもしれぬ。

梅木は、自分がどこまでこの問題の中にはいっていくかわからないながら、何か知らない道を歩いているような興味に駆られていた。

前の車は、都電四谷《よつや》三丁目の角で停まった。

こちらもそれに合わせて停車する。前を見ると、開いたドアから女が先に降りた。つづいて男も降りるかと思っていると、ドアは外に立った女が締めた。

女は手を振っている。車の中からも男の影がそれに応じていた。隆介の予想は間違っていた。

だが、男にはもう用はなかった。彼はまっすぐあのアパートに帰るに違いない。

「お客さん、どうします？」

と、運転手がきいた。

「待ってくれ。このまま少し様子を見よう。」

女は舗道に立ってこっちを見ている。これは尾行に気づいたのではなく、通りかかるタクシーの空車を眼で捜しているのだった。

梅木は迷っていた。彼女に話しかけるのに、これは一つの機会であった。

だが、ここで降りて彼女と話すにしても、ただペンダントを渡すだけで終わりそうだった。あとの話の継続がない。発展もない。それでは無意味だ。女はタクシーを拾うつもりだから、どこかに行くわけだ。自分の家に帰るのか、よそを回るのかわからないにしても、行く先を突きとめたほうが効果的である。同じペンダントを渡すにしても、有利な条件を捉《とら》えねばならぬ。

ようやく空車が来て、女がそれに乗った。梅木はそのあとを走らせた。

すぐ横の都電の停留所には、電車を待っている人が疲れたような顔でならんでいた。

2

その車は三丁目の角を曲がった。まっすぐに行けば信濃町《しなのまち》だ。

その国電の駅が見えてきた。右側は慶応病院があり、どの窓にも灯がついている。前の車はそのままの速度で病院の横を曲がった。美しい並木道だ。左手に中央線の電車が長々と走っていた。

千駄ヶ谷《せんだがや》駅近くの広い道路に出た。前の車は代々木《よよぎ》のほうへ行く。この辺になると車が混雑してともすれば見失いそうになる。ほかの車があいだに割りこんだりする。

そのまま走って代々木のロータリーを左に折れる。これは環状線で渋谷《しぶや》へ行く道だ。トロリーバスが走っていた。

渋谷に行くのかな、と考えていると、原宿《はらじゅく》駅前の四つ角を左に折れた。広い道の両側がプラタナスの並木を置いた町つづきになっている。骨董屋や中華料理屋の店などがあった。

その先は青山の電車通りになるのだが、いったいどこに行くのだろう。尾行に気づいてぐるぐるとひきずりまわされているような気がしたが、とたんに前の車は左に寄って停まった。

「停めてくれ。」

こちらが料金を払うのと、向こうのタクシーが発車するのとが同時だった。梅木は女がはいった三階建の建物をたしかめ、あとからその家の入口の前に立った。アパートだった。

隆介は躊躇《ちゅうちょ》しなかった。すぐに、そのドアを押すと、まっすぐに延びた廊下があるが、女の姿はなかった。二階に上がっていく靴音が下に聞こえていた。

彼はコンクリートの階段を上がった。なかなか金をかけたアパートだった。女は豊かな暮らしをしているに違いない。

梅木が二階に上がると、女の姿が十メートルぐらい先を歩いていた。両側には各部屋のドアがならんでいた。

女は、つと、ある部屋の前に来て、ハンドバッグから鍵をとりだしていた。

中腰になって、その鍵をドアに差しこんでいる。

梅木は、ゆっくりとその廊下を歩いた。女は靴音を聞いてちらりとこちらを向いたが、べつに関心を示さず、開いたドアの中に消えた。梅木の顔を憶《おぼ》えていないのだ。ドアの締まる音がかなり高く聞こえた。

梅木は、その前を通りすぎた。部屋番号は26だった。

彼は、そのまま突きあたりまで歩いてきた。そこにも階段がある。三階から人が降りてきていたので、背中を返した。

26号室の前にきて一気にドアを叩くつもりだったのが、気おくれがしてまた通りすぎた。

どうもいかん。日ごろの自分に似合わず勇気を失っている、と思った。いや、はいってからの言葉を考えているのだ、とこの気の弱さを説明した。じっくりと挨拶を考えなければいけない。二度とない機会だった。あっさりすまされたのでは、今日まで考えた苦心がなんにもならなくなる。

階段のところから、また引きかえした。今度は呼吸《いき》を深く吸いこんで、そのドアを軽くノックした。

内側から応《こた》えがあった。彼は上着の具合を直した。

ドアが開いた。むろん、いっぱいではなく細目に開いて、顔の縦半分だけがのぞいている。

「どなたでしょうか？」

完全に女は彼の顔を見忘れていた。もっとも、あのときは夜だったし、車を運転している彼にそれほど気をつけて見ていたわけではなかろう。

「お忘れになりましたか。」

と、梅木は言った。

「先日の晩、所沢街道で、ぼくの車にお乗りになったでしょう？」

女の眼が、あっと叫んだようになった。

彼女の顔には思いがけない人間に会ったときの驚きと、どうしてこの場所がわかったのかという疑惑とがつづいて表われていた。

「この三階に、ある人を訪ねてきたのですが。」

と、梅木はすかさずつづけた。

「ちょうど、前を歩いていらっしゃる姿が、この前の奥さんによく似ていたので、つい、お部屋の番号を憶えてしまいました。人違いではないかと思ったんですが、あなたには用事があるし、思いきってドアを叩いたんです。」

「まあ、そうでしたか。」

女は、その説明で素直に納得したらしかった。今度は思いきってドアを大きく開き、

「あの節はいろいろと……。」

と言いかけて、

「まあ、どうぞおはいりください。」

と招じた。

「ご迷惑ではありませんか？」

梅木は躊躇《ちゆうちよ》してみせた。

「いいえ、ちっとも。誰もいませんから。」

「では、失礼します。」

梅木は内にはいった。

そこは洋間になっていて、真っ赤な絨毯《じゆうたん》が半分敷かれている。つまり、絨毯の床が客を通す応接間のようになっていて、板の間の所がキッチンを兼ねていた。

正面に襖《ふすま》があるが、その向こうは畳を敷いた部屋らしい。

「なかなか立派なお部屋ですね。」

梅木は見まわした。

「いいえ、狭くて……。」

ここで女は改めて挨拶した。

「先日はたいへんお世話になりました。おかげで助かりましたわ。」

「なに、そうおっしゃられると、かえって恐縮です。」

梅木はすすめられて椅子の上に腰をおろしたが、女はすぐに台所に行って、茶の支度などしている。

彼は、その間に部屋の調度など一通り観察しおえていた。

やがて彼女が紅茶を運んできた。

女は梅木がどのような用事で来たかを全身で考えている。それは、彼女の様子でわかるのだ。

ここに招じ入れたのは女のほうだったが、それは、梅木が、「用事がある。」と言ったさっきの言葉にこたえているのだろう。

彼女は、外から帰ったばかりなので、服装もそのままだった。こうして明かるいところで間近に眺めても、その魅力は決して減少しはしなかった。いや、今度は直接梅木にものを言いかけてくるのだ。心もち眉を上げ、こちらを見るときの表情など、遠くで観察してきたときとは違った魅惑があった。

梅木より二つか三つ年上かもしれない。その顔には成熟した女の落ちつきがあった。

梅木は紅茶をゆっくりとすすった。

「閑静なアパートですね。」

事実、音も声も聞こえなかった。窓の外は広い往来になっているが、ときたま自動車のクラクションが聞こえるくらいで、騒音は少しもなかった。あのごたごたした浜田弘の安アパートとは雲泥《うんでい》の違いだ。

　これくらいの部屋なら、部屋代は軽く四五万円は取られるだろう。

「じつは、あのとき、車の中で忘れ物をしていらしたんです。いつか、それをお返ししようと思って、まだポケットの中に持っているんです。」

　梅木は、まず彼女に安心感を与えるつもりで、切りだした。

「ああ。」

と、女はすぐ気づいて言った。このときも眉を上げ、黒っぽい瞳《め》が大きく見開かれた。意識してそんな表情をするのか、とにかく豊かな変化だった。

「ペンダントでしょう？」

　その驚きの表情は、早くも女の微笑に変わっていた。

「そうなんです。帰って車内を掃除しているとき、これが見つかりました。」

　彼は、紙に包んだものをポケットから取りだした。

「お返しします。」

　女は紙包みを取りあげて中からペンダントを出すと、両掌《て》にはさみ祈るように胸に当てた。少女のような動作だが、それだけにそのペンダントが大切なものであることが、梅木にもわかった。

「よかった。もう出てこないと思っていましたの。」

彼女は、心からうれしそうに大きな瞳をかがやかして梅木にほほえみかけた。

「もう少し早くお届けしなければと思いましたが、なにしろ、お所も、お名前もわからないものですから。」

「申しわけございません。」

「でも、しじゅう、ポケットに入れて歩いてよかったと思います。どこかで奥さんにお会いするような気がしてたんでしょうね。」

梅木は、遠慮深く煙草を口にくわえた。

彼は、自分のその言い方にある効果を予測していた。はたして、うつむいてマッチを擦《す》っている自分に女の視線が注がれているのを意識した。

女には一つの恐れがあるはずだった。それは、この前同車した浜田弘のことだ。

あのときは、まさか彼と再会するとは思っていないから、夫婦気取りでいた。あるいは運転している彼の手前、そう取りつくろったのかもしれぬ。いずれにしても、このアパートに彼が踏みこんできたことは、彼女の予想にないことだったし、その不意をつかれたわけだった。

そのせいかどうか、彼女の様子には、どこかおどおどしたところがあった。普通なら、もっと落ちついて堂々としていていいのだ。

しかし、この女は、まだ浜田を訪ねたことを知らないらしい。あるいは浜田からそれを聞いているのかもしれないと思ってきたのだが、浜田としてもあまり体裁のいい話ではないので、打ちあけていないようだった。

彼女は、梅木が三階の住人に用事があってここに来たという口実を信じているようだった。だから、ペンダントを返してくれたのにも素直な好意を感じているらしいが、ただ浜田のことだけを気にかけている。梅木がここで、ご主人は、ときくのはやさしい。女はそれに、いまちょうど留守にしています、とか、出張しています、とか適当に言うだろう。だが、今日はわざと彼女の〝夫〟のことにはふれないでいようと彼はきめた。最初からいきなり女の弱点をついて混乱させるのは、あとの効果を考えて好ましいことではない。

3

梅木は、それとなくもう一度部屋を見まわした。調度は贅沢《ぜいたく》なものだったが、あんがい、その数の少ないことに気づく。

あいだに襖が締まっている畳の間《ま》の様子はわからないにしても、ここに見えるのは、簡単な飾り戸棚と台所道具だけだった。その台所用品もできるだけ数を少なくしているようだった。

見たところ男のものはなかった。もしこの女が男といっしょに生活しているのだったら、どこかにその感じが出ているわけだが、それがまったく見えない。女ひとりがひっそりと暮らしているとしか感じられない。

いったいこの女はどのような生活をしているのか。勤めているとも思えない。彼女に夫があるのかとも疑ったが、この部屋の様子から察して、それもないようだ。

あるいは誰かの愛人かもしれない、とも考える。月のうちに三度か四度やってくる男を待っている種類の女だ。

だが、梅木にはどうもそんな感じもしなかった。これはひいき目で見ているせいかもしれなかったが、この部屋にはなんとなく寂しげな清潔感があった。やはり、女ひとりが暮らしているという印象が強いのだ。

あの浜田弘は、どのようなきっかけからこの女と親しくなったのだろうか。

ペンダントは彼女の愛人の贈り物らしいが、それは浜田弘なのだろうか。ペンダントに刻まれたあの歌は？　梅木はそれが万葉集の古歌であることを知っていた。むろん相聞歌《そうもんか》である。

「たいへん変わったペンダントですね。注文しておつくらせになったのですか？」

と、彼は何気なく言ってみた。

「……ある人からいただきました。……記念の品です。」

女は、睫《まつげ》を伏せて、当惑げに、しかし彼の追及を許さないような、きっぱりした声音《こわね》で答えた。あきらかに、その話題をつづけることをこのまない態度を見せたのである。

沈黙がつづいた。

梅木はまだ眼の前にすわっている女の名前も素性《すじよう》も知っていない。もっとも、今日はこの住居を突きとめるだけが精いっぱいだったから、そこまでは無理として、彼女について何一つ知識がないというのは、最初の出会いとして勢い消極的にならざるをえなかった。とにかく今日はこれであっさり帰るとして、今後のつながりを確保しておかなければならなかった。一度きりで、あとが続かないではせっかくの意味がなくなる。

梅木は腕時計をちらりと見て、椅子から腰をあげた。

「では、ぼく、これで失礼します。」

まず紳士的にふるまった。

「あら。」

女は黒い瞳《め》をぱっと開いて、

「まだよろしいじゃございませんか?」

と、引きとめたが、むろん、これはお世辞だ。その証拠に、ほっとした顔をしている。

「ほかに時間を約束していますから、残念ですが、……じつは、もう少し、奥さんとお話をしたかったです。」

梅木がほほえみながら言うのを、

「わざわざ届けてくださって、申しわけございません。」

と、彼女はその返事を避けて、失ったペンダントの礼を言った。

「ご主人によろしく。」

梅木は最後に言った。

はたして女は、ちょっと困った顔になったが、そこはすぐさりげない表情に戻って、

「ありがとうぞんじます。」

と、おじぎをした。

梅木はそれだけで胸の中がすっと落ちついた。先方がそのつもりなら、こちらのこれからの出方も決まったというものだ。

「ぼく、ときどき、このアパートの三階に来るんです。ついでと言ってはなんですが、その折り、お寄りしてもいいでしょうか?」

礼儀としても断わられる筋合はなかった。わざわざ落とした物を届けてきた親切にである。

「どうぞ。こんなところですけれど……。」

女は微笑した。その無理な愛想笑いを、梅木は、いつの日か実際の愛情のそれに変えてみせると決心した。彼はすでに、この女を恋していた。

行方《ゆくえ》不明

1

梅木隆介は、あのアパートの26号室の女が忘れられなかった。この前は初めてだから素直に帰ったが、もちろん、それは準備段階だった。この次は必ず彼女と親しくなれると思っている。

アパートで見た彼女は、夜の田舎道で車に拾ったときよりも、ずっと魅力的だった。実際、あれほどとは思わなかったのだ。贅沢なアパートで、部屋の調度も高価なものばかりだった。ただ、どういうわけかその調度の数は少なかった。

あのような女を、浜田弘のような男に独占させているかと思うと、もったいない気がする。浜田の前に自分があの女を知っていれば、彼に渡すはずはなかったと思う。彼女が浜田を先に知ったのは、彼女にとって不仕合わせだと思っている。梅木にはそれくらいの自信はあった。

ペンダントを彼女に渡したときも、もう少しあの部屋に粘《ねば》ってみたかった。だが、最初だという気持と、次の発展を考えて無理に自分を抑えて帰ってきたが、女の顔がいつまでも眼の前にちらつく。じっと自分を見ていた女の眼つきは、こよなく魅惑的だった。

そんなところは藤村真弓みたいな女にはないのだ。真弓はただ肉体が若いというだけで、気持も平板《へいばん》だった。アパートの女は三十を越しているかもしれないが、その魅力はたんなる美貌だけではない。神秘的な、とさえいえる深味と芳醇《ほうじゅん》な豊かさをたたえていると彼には思えた。

「ねえ。」と、藤村真弓は彼の隣りに横たわって言った。

「近ごろ、何か考えているようなふうね？」

「何も考えていないよ。」

梅木は、仰向いて煙草を吸っていた。煙が天井にもつれて流れる。彼は凝乎《ぎようこ》とした瞳《め》でそれを追っていた。

「いいえ、わたしにはわかるわ。前はそんなふうじゃなかったわ。あんた、わたしとこうなってから、わたしに飽《あ》いたんじゃないの？」

真弓は泣き声になっていた。

「そんなことはないよ。君のほか誰を考えるんだ？」

「ほんとうにそう思ってくれてるの？」

「当たり前さ。ぼくは二人の女を同時に愛するなんてできない性分だよ。」

「うまいことを言ってるけど、男の人って女の身体を自分のものにしたら、あとは情熱がなくなるって言うわ。」

「誰がそんなことを言う？」

「会社の人よ。男の人たちがそう言ってるわ。」

「男にもよりけりさ。君の店に通ってくるような連中とおんなじに見てもらいたくないね。」

梅木は、なんの情熱もこもらない言葉を吐いた。

「嘘じゃないわね？」

「ああ。」

「そんならどんなに嬉《うれ》しいかしれないわ。ねえ、あんた。いつもこんな旅館なんかで会わないで、ちゃんと家《うち》を持ちたいわ。早く結婚してよ。」

「いいよ、結婚するよ。……ただ、ぼくの給料がもう少し上がらないとね。」

「いつもそんなことを言ってるわ。わたしも働くから、なんとかなるじゃないの？」

「ぼくは女房をよそに出して働かせたくないんだ。共稼ぎなんてまっぴらだね。」

アパートの女からみると、真弓は単純きわまりなかった。

2

梅木が二度めにそのアパートに行ったのは、最初の訪問から一週間経《た》っていた。

この一週間が彼にはどんなに待ち遠しかったかしれない。よほど三日めには足を向けようかと思ったが、それではあんまり日が近すぎるし、かえってこちらの足もとを見すかされる危険がある。あれくらいの年齢になれば、これまでかずかずの男心を知っているに違いなかった。女は最初に軽蔑《けいべつ》を抱くと、容易にそれを改めないものだ。

梅木は胸を弾《はず》ませて例の部屋の前に立った。ドアの上には四角い明かり窓がついている。内側にカーテンが降りていた。留守かな、と思ったが、とにかく、横についているブザーのボタンを押した。意外に大きな音が鳴った。

三度ばかりつづけると、ドアが開いたのは隣りの部屋だった。五十ぐらいの、顔の長い女が半身をのぞかせた。

「お隣りはお留守ですよ。」

じろじろと梅木を見ている。こういう感じの女は、女の独《ひと》り住居を訪ねてくる男にひどく興味を持ちたがるものだ。

梅木はていねいにお辞儀をした。

「すみません。いつごろ、お帰りになるでしょうか?」

「さあ、わかりませんね。」

「今日は何時ごろお出かけだったでしょうか?」

ときいたのは、今日はウイークデーなので、浜田弘は会社に出勤しているはずだからである。彼に会うために出かけたとは思えない。

「一昨日《おととい》からいらっしゃいませんよ。」

「一昨日ですって? どこに行かれたんでしょうか?」

「さあ、ぞんじませんね。このアパートは、隣り同士でもお互いになるべく交際しないことになっていますから、わたくしどもも何もうけたまわっていません。」

「お隣りの奥さんは、なんというお名前でしょうか?」

「はあ、平井さんとおっしゃいます。」

「平井さんですね。ご家族は?」

ときいたのは、だれか同居人がいるかと思ったからだ。つまり、彼女に夫がいるかどうかを知りたい。

「いいえ、お独りでいらっしゃいますよ。」

夫はいなかった。

しかし、これ以上きくと、このおしゃべりらしい女は、帰ってきたあの女に、留守中に男が来ていろいろと詮索《せんさく》していったことを告げるかもしれない。今日はこの辺で質問をやめるべきだった。

「あの、管理人の方は？」

「いちばん下の1号室ですが、このアパートは、持主と管理人とは違うので、いま、前の管理人が辞《や》めたままあとの補充がつかないでいます。その代わり持主の家族がときどき来ていますが、今は留守のようですね。」

「ありがとう。」

梅木は階段を降りた。

あの女が一昨日から出たというと、あるいは、という気がする。

彼は外に出て公衆電話に飛びついた。ダイヤルを回したのは、浜田弘のいる富士商事の番号だった。

「浜田さんはいませんよ。」

と、交換台が言った。

「外出ですか？」

「いいえ、休暇です。」

「いつから？」

梅木は性急にきいた。

「ちょっと待ってください。それでは課のほうにつなぎます。」

男の声がかわった。

「どちらさまですか？」

と、その声はきいていた。

「ぼくは浜田君の友だちですが、いま、彼は休暇だそうですね？」

「そうです。」

「いつから休暇を取っているんですか？」

「一昨日からです。」

覚悟はしていたが、梅木は殴《なぐ》られたような気になった。

「いつまででしょうか？」

「あと四五日で出社するはずですが。」

「どこかへ旅行に出かけるというような話はしてなかったですか？」

「ええ、それは言ってました。なんでも九州のほうに行ってくるようなことでした。行く先はわかりませんがね。」

電話ボックスを出たとき、梅木は額に汗をかいていた。

いまいましかった。二人とも一昨日からいなくなったのをみると、むろん、いっしょに旅行しているのだ。九州ということだったが、それは嘘《うそ》に違いない。口実をつけるときは逆な方向を言いがちだから、あんがい東北地方か北海道あたりかもしれない。九月とはいっても、まだ残暑はきびしい。わざわざ九州に行くより、北に行くほうが自然である。こんなことなら、あの最初の訪問のとき、もう少し彼女になんとかしておけばよかったと思った。少なくとも、浜田弘のような魅力のない男といっしょに旅に出かけることはなかったはずだ。

梅木は、炎天の下に燃えている道を歩いたが、腹が立って仕方がなかった。急に身体がだるくなってきた。

3

十日ばかり経った。

あのとき、四五日したら浜田弘が休暇先から帰ってくるということだったが、あいにく、梅木隆介も忙しい毎日がつづき、その間にあのアパートを訪ねることもできなかった。真弓から電話がかかってデイトをせがんでくるが、むろん、拒絶した。そんな暇があれば、あのアパートに駆けつける……。

ようやく時間の余裕ができて、午後三時ごろ、あのアパートを訪ねたのは、雲が空を蔽《おお》った蒸し暑い日だった。

その部屋は締まっていたが、ドアの上部の明かり窓にはカーテンがなかった。彼女が内にいるのかもしれない。のぞこうとしたが、むろん、すりガラスなので様子はわからない。

彼は勢いよくブザーを鳴らした。

今度も三四度つづけざまにボタンを押したが、反応はなかった。この音は大きく響くので聞こえないということはない。

また隣りの部屋のドアが開いた。顔を見せたのはこの前の痩《や》せた女だった。

「お隣りは五日前にお引っ越しなさいましたよ。」

と、彼女は不機嫌な声で教えた。

「えっ、引っ越した？」

梅木は啞然《あぜん》となった。

「引っ越し先はどこですか？」

「さあ、それはぞんじませんね。なにしろ、わたくしどもにも挨拶なしに出ていかれたんですからね。」

彼女は憤然として言った。この前は、お互いにあまりつきあわないことを多少自慢にしていたのである。

五日前というと、浜田弘の休暇が切れたか切れないかのころだった。

いないとわかれば、彼女の生活が遠慮なしにきける。

「平井さんは、ここにいつごろからいらしたんですか？」

「そうですね、三月ごろからだと思いますわ。」

すると、今月は九月だから、約半年ぐらいになる。

「どこから越してこられたんですか？」

「さあ、わたくしどももあまり詳《くわ》しく話したことがありませんから知りませんわ。なんだったら、いま、階下《した》にこのアパートの持主が来ているはずですから、きいてください。」

「平井さんは、それ以来、ずっとここに独りでいらしたわけですね？」

「そうです。」

「お隣りにはお客さまがよく来ていましたか？」

「さあ、それはなかったようですわ。」

「昼間など、平井さんはずっと家にいらしたんですか？」

「それは、ここにいらっしゃることもありましたし、留守のこともありました。そうですね、留守になるとずっと長かったようですが、あまり詳しいことはわかりません。」

それも持主にきいてくれ、と言いたげであった。

梅木は礼を言ってドアの前を離れた。意識に滲《し》みこんでいるのは、相手の女に逃げられたという事実だった。しかし、それが梅木の出現に関係があるとは思われない。なぜなら、彼はまだ何一つ彼女に対して行動に出ていないからだ。

だが、浜田弘は梅木のことを彼女にしゃべったかもしれない。最初にあの女にこのアパートで会ったときこそ浜田はまだ話してはいないようだったが、あれから二人は何度も会っているわけだから、梅木のことも必ず浜田の口から語られたに違いない。浜田は梅木の不意の来訪に驚いていたのだから、梅木がペンダントの返却を理由に女を訪ねてきたとわかれば、警戒心を起こして、女をよそのアパートに移すことはありうる。

平井という名前だって女の偽名だと思う。梅木は舌打ちしたい気持で、もう一度、空部屋になった26号室のドアを覗《のぞ》いた。横に郵便受けがある。手を入れてみたが、何にもふれなかった。

梅木は階段を降りた。下から郵便配達員が汗を拭きながら上がってきていた。

梅木はふいと思いついた。

「ちょっとききますがね。」

配達員は立ちどまった。

「ここの26号室に、郵便物がよく来ていましたか?」

配達員は上のほうを見上げた。

「そういえば、26号室には一度も郵便物を配達したことがありませんね。」

「えっ、一度もない?　26号室の平井さんは、ここに移って半年以上になるはずですが……。」

「ええ、それは間違いありません。ぼくはこのアパートができたころからずっと受け持っていますからね。」

「そうですか。……いや、どうもありがとう。」

梅木隆介は、配達員と別れて階段を降りたが、妙なことがあるものだと思った。半年も住んでいて、どこからも郵便物がこないという現象があるだろうか。

人間には広い狭いの別はあっても、誰でも生活範囲というものは持っているはずだ。郵便物が半年の間に一度もこないというのは、彼女がその生活を外部に閉鎖していることではないか。

階下に降りて、角の部屋の管理人室を訪ねた。

「さあ、わたしたちはここの持主ですが、そういうことはどうも……。前の管理人だとよくわかると思うんですが。」

と、出てきた四十ばかりの主婦が言った。

「しかし、部屋を空《あ》けたのだから、荷物を次の移転先に送っているわけです。そのとき、荷札など見ませんでしたか?」

「荷物ですか?」

「たとえば、調度などは、当然、運送屋に運ばせるわけですね。」

梅木は、前に見た26号室の内部の模様を眼に浮かべた。

「いいえ、調度は一つも送っていませんよ。」

「え、では、どうしたんです？」

「ここでみんな処分なさいましたわ。古道具屋さんを呼んできて、それこそ二束三文《にそくさんもん》で売られたんです。もったいないくらいの値段で処分されましたわ。」

調度を安い値段で処分したのは、移転先に運ぶ運送店から足がついてはならないと思った用心からだろうか。現に梅木も、この話をきかない前は、その方法を考えていたのだ。

「では、平井さんは、どこへ移るということは全然こちらには言わなかったんですね？」

「ええ、それはおっしゃいませんでした。わたしたちがきいても、ただ、都内に適当な場所があったとしかおっしゃらないんです。あんまり言いたくなさそうでしたから、こちらもそれ以上おききするのを遠慮しましたけど……。」

「都内にね……。」

梅木は煙草の煙を吐きながら考えた。

梅木隆介が次に訪ねたのは、浜田弘の会社だった。ちゃちなビルの三階に、その会社の事務所はあった。役場の窓口のような受付に顔を覗かせて、浜田の在否をきいた。

「どちらさまですか？」

「山田というものです。浜田君の友だちですがね。」

「少々お待ちください。」

居るとも居ないとも答えないで、女の子は奥へ行った。

横のドアが開いて、三十四五の、太った男が出てきた。

「浜田君のことをおたずねになったのはあなたですか？」

と、じろじろと彼を見た。

「はあ、そうです。」

梅木が感じたのは、これは何かあるな、ということだった。どうも様子がおかしい。

「あなたは何もごぞんじないんですね？」

「何がですか？」

「浜田君は、いま、どこに行ったかわからなくなったんですよ。」

「えっ、わからなくなったとは？」

「つまり、行方《ゆくえ》不明なんです。」

梅木は眼をむいた。

「だって浜田君は、この前まで、休暇をとって九州のほうに行くと言っていたそうじゃありませんか。」

「じつはそうなんですがね。ところが、休暇が切れたのは五日前です。その翌日には社に現われるだろうと思っていたんですが、来ないんですね。九州に行ったというから、やむをえない事情で帰京が遅れたのかと思い、翌日も待ったのですが、この日もこない。そこで、浜田君の宅に使いをやったんです。」

「戻っていないわけですね？」

「そうなんです。今日でもう五日になりますが、彼からはなんの連絡もないんです。これまで、あの男は決してそんなことはなかったんです。一日社を休むのでも、必ず電話で連絡してきていました。だから、五日もなんの連絡もなく休んでいるのは普通ではないと思いましてね。……あなたはお友だちなら、ごぞんじありませんか？」

「冗談じゃありませんよ。それを知っているくらいなら、こうしてここに彼を訪ねてくるわけはありません。」

「家族の人も心配してるんです。部長としての私も困っていましてね。何か悪いことでも起こっていなければいいが、と思っています。」

「悪いことと言いますと？」

「ほれ、このごろはよく凶悪犯罪が起こりますからね。まあ、明日もう一日待って彼からの連絡がないとなれば、警察に捜索願いを出すしかないと思っていますよ。」

平井と名乗る26号室の女の引越しも五日前だった。浜田弘の失踪《しっそう》も——まだ失踪と言えるかどうかわからないが、とにかく、休暇が切れて以来五日経《た》っている。

これは完全に二人の共同行動だと思ったが、部長だというこの男の前では何も言わなかった。

梅木は、次に浜田弘のアパートを訪ねることにした。

浜田の汚ないアパートは、あの女の借りているそれから比べると段違いであった。

梅木が思うに、浜田という男は自分ではこんな生活をしているのに、女のほうは、あのような贅沢なアパートに住まわせていた。つまり、彼はあの女の歓心を買って無理をしていたのだ。その無理はどこから都合つけているのか。

もしかすると、浜田弘は会社の金を使いこんでいたのかもしれない。さっき会った部長も、浜田の身の上をえらく心配しているような顔つきだったが、じつは部下の不正が自分の責任におよびそうなのを考えて憂鬱だったのかもわからない。

梅木は浜田の気持がわからなくもなかった。あれくらいの女だったら、自分だって会社の金をごまかしてでも囲うであろう。車に乗せたときも、男のほうがしきりと女の機嫌を取っていたことが思いだされる。

4

「こんにちは。」

と、梅木は見おぼえの部屋のドアの前に立って声をかけた。暑いときなので、ノックするまでもなくドアは半開きになっている。

その隙間から顔を出したのが、この前の無愛想な女房だった。小皺《こじわ》と雀斑《そばかす》の浮いた哀れな中年女だ。浜田弘があの女に夢中になるのは無理もない、と改めて思った。

「この前はどうも。」

梅木はなるべく愛嬌よくにこにこしたが、女房のほうは眉のあいだに皺《しわ》を立てて眼を三角にしている。

「先夜、ご主人を車で送った者ですよ。」

女房ははじめて合点《がてん》したようだったが、やはり笑顔は浮かばなかった。かえってうさんげな顔つきで梅木を見ている。

「じつは、あれからご主人に街でお会いしましてね。何かうまい話があるから一度来てくれと言われてたんです。そのうち、こちらも忙しくて、つい、ご無沙汰しましたが……。」

「わたしは何もきいていませんよ。」

女房の声は愛嬌がなかった。

「いや、会社のほうには電話をしたんです。すると、なんでも九州のほうに行くとか言って休暇を取られていたようですから、お帰りを待って、今日、もう一度電話をしてみたんです。すると、まだ会社には出ておられないそうで……。」

「そうです。まだ戻りませんよ。」

女房は、梅木がそこまで心配してききまわったと知ってか、その顔色は少し柔らかくなったようだった。

「あんた、うちの主人と親しいのだったら、主人がどこへ行ったか見当がつきませんか？」

「知りませんよ。知っていれば、なにも会社に電話をしたり、ここに来て奥さんにきいたりする必要はありませんからね。」

梅木はなるべく言葉やわらかに言った。ただし、こんな場合だから、笑いを浮かべるわけにはいかない。

「それもそうだわねえ。……ほんとに、うちはどこに行ってるんでしょうねえ？」

女房はまた眉を寄せた。

「会社でも心配していましたよ。お宅のご主人は九州に行かれたって言うんですが、九州はどこですか？」

「熊本《くまもと》県の人吉《ひとよし》というところが主人の郷里です。去年帰らなかったもんだから、今年はどうしても帰ると言って出たんですよ。ところが予定の日に帰ってこないので、電報を打ってみると、実家には帰っていないんですよ。」

「えっ、じゃ、九州行きはご主人のつくりごとだったんですか？」

「どうもそうらしいわね。」

女房の顔つきが尖《とが》った。

「それは困りましたね。」

と言ったが、梅木は最初からあの女といっしょに旅行に出たと思っているから、この驚きの表情を作るのに苦労した。

「ご主人は、どうしてそんな嘘を奥さんについたのでしょうかね？」

「さあ。」

この女房もうすうす浜田には女がいるのではないかと疑っているらしい。だが、帰ってこない亭主には、また不吉な事故の心配もあるようだった。

「奥さんにこんなことを言っては失礼かもしれないが、旦那さんはよく出張と称して長いこと旅行しているようなことはありましたか？」

「いいえ、うちは出張があまりない課なので、そういうことはありません。」

「では、外泊はありませんか？」

「それは……ときどき、ありましたけど？」

「奥さん、ご主人の外泊がはじまったのは、今年の三月ごろからじゃありませんか？」

「まあ。」

と、女房はびっくりした。

「よくごぞんじですね？」

と、急に疑わしそうに梅木を見た。

「いや、ぼくも前にご主人に会ったとき、マージャンが好きだという話を聞いたので、それを思いだしたんです。」

彼は適当にごまかした。

「あなたの言うとおりです。この三月ごろからそれがはじまりましたわ。」

「念のためにおききしますが、そのメンバーはどういう人たちでしたか？」

「会社の気の合った連中とか言って、べつに名前まで言いませんでしたわ。」

「それが今までずっとつづいているわけですね？」

女房はちょっと考えていたが、

「いいえ、それほどでもありません。毎月ということはないんです。まるきりマージャン徹夜のない月もありましたわ。」

「奥さん、あなたはそのマージャンの徹夜のない月を正確におぼえていますか？」

「そうですね……外泊の多かった月の翌月はまるきりマージャンはやってませんでしたわ。」

「ほう。その次の月はどうなんですか？」

「また、はじめていました。」

「すると、その次の月は？」

「やってなかったようです。そうそう、主人はこう言ってましたわ。先月はよくマージャンがつづいたから、今月は休むって……。」

「待ってくださいよ。」

と、梅木は手帳を出した。

「つまり、三月からご主人のマージャン徹夜がはじまったわけですね？」

「そうです。」

「四月はずっと家にいらしたわけですね？」

「そうなんです。」

「五月はマージャンの外泊が多かった？」

「そうです。」

「六月は？」

「ええ、マージャンをやめてました。」

こう言ってから女房は考えるような眼つきになったが、

「いま、あなたからそう言われると、はじめて気がつきました。主人はたしかに一カ月おきにマージャンの外泊をしていましたわ。」

「そうですか。」

梅木は遠い眼つきになった。

「そのマージャンで徹夜したあくる日は、ご主人は、会社を休むというようなことは、なかったですか？」

「いいえ、それはありませんでした。主人は会社のほうだけは大切にして、休むようなことはありませんでした。」

「そのほか何か変わったことは？」

「そうですね、そう言われると、マージャンで徹夜する前の日は、とても浮き浮きしてましたわ。あんなにマージャンってたのしいものかと、おかしいくらいでした。ふだんは機嫌が悪いんですけれどね。」

「では、マージャンの全然なかったとき、つまり、外泊のない月ですが、ご主人の機嫌はどうでしたか？」

「べつに……いいというほどでもなく、とくに悪いということでもありませんでしたけど。」

「何かこう、いらいらしてるというようなことはありませんでしたか？」

「そうですね……いらいらというよりも、何か考えているようなことが多かったと思います。」

梅木は、頭の中に、浜田弘の外泊の状態の表を浮かべてみた。

○×○×○×○

3 4 5 6 7 8 9

○印が浜田の外泊の多かった月で、×印はそれの少なかった月である。

今日は九月の終わりの日であった。

贅沢《ぜいたく》な女

1

梅木は、自分の書いた浜田弘の〝外泊月表〟を眺めた。

三、五、七、九が外泊のはげしい月で、四、六、八がそうでない月だった。マージャンというのは、おそらく浜田弘が女房の手前をつくろった口実であろうから、これは女にしばしば会った月といっていい。そのことは彼女に閑《ひま》が多かった月ともいえるのではなかろうか。

そうでない月は、浜田弘が彼女に会えなかった月だ。会えなかった理由は浜田の側ではなく、女の都合であろう。今の場合彼女の素性がわからないから、なんともこの理由の手がかりがつかない。

しかし、もし彼女に職業があれば、それは職業的に忙しい月と、そうでない月とが交互に繰りかえされていることになる。

また彼女に夫があれば、その夫が隔月に家を留守がちにしていたということもいえるのではないか。つまり、その妻は、夫の忙しい折りに、あのアパートの部屋で浜田と会っていたといえる。

どうもわからない女だ。

たとえば、あのアパートにしても、薄給の浜田弘が借りたとは思えない。家賃だけでも四万円ぐらいは取られる。敷金は四五十万円を要するのではなかろうか。それだけの経済的余裕が、女の側にあったということだ。

その経済力は彼女自身によるものか、夫の生活力によるものか。

女の職業としたら、何を考えたらいいか。すぐに浮かんでくるのは洋裁店の店主だとか、美容院の経営者とかだが、ずっとくだけるとバーやキャバレーのマダムということになる。

だが、それでは隔月に忙しい月と閑《ひま》な月があるということが合点《がてん》いかない。

いやいや、これは彼女自身の理由でなく、相手の男によるのではないか。

たとえば、バーのマダムとすると、彼女の旦那の商売上の理由だ。その旦那が東京に居住しているのではなく、大阪あたりか地方に居て、ひと月おきに上京する。こんな場合だったら、彼女に閑ができるのは当然である。

今のところ、こういう結論に落ちつきそうであった。

しかし、バーのマダムにしては、彼女は知的すぎるところがあった。それに品がよすぎる。粋《いき》な感じではなく素人《しろうと》っぽい清純さであった。現に車の中では夫婦者だと言っていたが、あれが水商売の女だったら、そのような取りつくろいはしないであろう。はっきりとその辺は割りきって、客または情人とマダムの関係を露骨に見せるのではないか。

どうもわからない。

ところで、彼女があのアパートから急にいなくなったのは、その〝本処〟に帰ったのだろうかという疑問が湧《わ》く。つまり、家庭持ちならばその家庭に、独身で何かの仕事を持っていれば彼女自身の住居に戻ったという意味である。

だが、梅木にはどうもそうは思えなかった。これまで、ああいう豪華なアパートを借りて、自由な愉楽《たのしみ》を送った経験のある女が、たとえ梅木の探索におびえたとしても、素直に元の本拠に引っこんだとは考えられないのだ。してみると、ほかのアパートに移ったという公算が大きいように思われる。

この場合、女性の習性として、より安い、より貧弱なアパートに移ったとは思えないから、やはり同格か、それ以上の贅沢なアパートに移転したと思える。移転の理由は、もちろん、梅木のような正体不明の男がうろうろしていたので、それに怯《おび》えたものと考えられる。女には梅木にさぐられたくない秘密があるのだ。

ところで浜田弘のほうだが、この男の行方《ゆくえ》不明はどう意味づけたらいいか。

平凡な考えでは、浜田は女のもとに引きとられたという推測だ。

だが、これはどうかな、と梅木は首をかしげる。

彼から見て、浜田弘というのは、およそ魅力のない男だ。身体こそ頑丈で、精力的な風貌でもあるが、あまり有能な男とは思われない。現にあの会社でも課長止まりではないか。あの程度の小会社だったら、もっと重要なポストについていなければ、とても彼女とはつりあいがとれない。

梅木は、車の中での男女の会話を盗み聞きしている。その片言隻語《へんげんせきご》でも、男の教養程度がわかるのだ。

もっとも、男性から見る同性の評価と、女性から見る男性の評価とは自《おのずか》ら開きがあるだろう。が、そのことを計算に入れても、梅木が描いている彼女の性格からして、浜田弘を、その家庭や職場から奪いとっていっしょに暮らすほど彼に魅力を感じていたとは思えない。

ここで梅木は別な場合を想定してみる。

まさか駆けおちとは思えないから、男だけの失踪だ。つまり、女は安全地帯に復帰して、男だけが行方《ゆくえ》を絶つ。もっとはっきり言うと、女が男を処分した場合だ。

女は、美しいうえに金を持っている。暮らしも贅沢だ。浜田弘が夢中になるのも無理はない。

女はしまいには面倒臭くなる。男は執拗《しつよう》に彼女を追っている。そうなると、今度は浜田の存在が女にとって疎《うと》ましくなってくる。

もう一つのケースは第三の男を設定することだ。つまり、彼女の夫か、あるいは別な情人かである。

これが女と浜田との関係を知った場合だ。

こういう極端な状態を設定してみると、浜田の失踪はかなり暗いものに包まれていると考えなければならない。

梅木は、浜田弘の会社に電話をした。

こんなことを考えているうちに、もしかすると、浜田が無事に戻っているかもしれないからだ。

「浜田さんはまだ出社されておりません。」

と、電話口に出た女の子は答えた。

「出張ですか？」

梅木は、友人だと名乗って知らぬ振りできいた。

「いいえ、休暇ですけれど……。」

女の子の声は曖昧《あいまい》だった。やはりあのまま浜田は戻っていないのだ。

誰から電話がかかってきたのか、と横の者がきいているらしい。低い女の声と男の声と

のささやきが洩《も》れる。その男の声がかわるかと思うと、そうではなく、女の声が、

「いつ出てこられるか、今のところわかりません。」

と、切り口上で答えた。

梅木は、浜田弘のアパートに向かった。

例のごみごみした玄関をはいってまっすぐに二階に上がった。暑い折りだったが、その部屋だけはドアが締まっている。彼はノックした。

ドアが細目に開いて、浜田の女房の痩《や》せた顔がのぞいた。鈍《にぶ》い眼つきだ。中年のかわいげのない一重皮の瞼《まぶた》が眼の下の雀斑《そばかす》といっしょに、いやでも映る。

「このあいだはどうも。」

と、彼は頭を下げた。

「奥さん、浜田さんはお戻りになりましたか？」

女房の眼が疑わしそうに凋《しぼ》んだが、瞳《ひとみ》が動揺している。

「まだ戻りませんが……。」

「そうですか。それは困りましたね。」

「あの、何か……。」

女房は、ためらったすえに思いきったように言った。

「主人の行方について、あなたさまにお心当たりはございませんか？」

　この前とはうって変わった態度だった。さすがに亭主がいなくなると心細くなったものらしい。暑いのにドアを締めていることからも、女房の鬱《ふさ》いでいる気持がわかるような気がした。

「いや、多少ないでもありませんが。」

と、彼はすかさず、思わせぶりなことを言った。

「それについて、じつは奥さんと少しお話ししたいと思っていたところですが。」

「では、どうぞおはいりください。汚ないところですけれど。」

　梅木は、その部屋の中に招じられた。女房は、その辺にとり散らかしたものをあわてて片づけている。子供の見ていた本や鉛筆などがあった。

「お子さんは？」

「はあ、二人おりますけれど、今日は友だちのところに遊びにいっています。」

　電灯の下で見ると、女房はこの前よりいっそうやつれてみえる。皮膚がかさかさに乾いて、眼の下の皮が皺《しわ》を作ってたるんでいた。

「あなたさまが心当たりとおっしゃるのは、どういうことでしょうか？」

　彼女は心配そうにきいた。

「いや、これは言っていいかどうかわかりませんがね。こうなると、言いにくいことでも、奥さんの耳に入れておかなければいけないんじゃないかと思いますよ。あとで浜田さんに叱られましてもね。」

梅木は、こちらから少し材料をちらつかせて相手の話を引きだすつもりだった。

「ぜひ、どうぞ。」

と、女房は口では言ったが、こめかみに筋が浮かんでいる。早くも梅木の話の内容を予知したようだった。

「奥さんは全然お気づきにならないんですか？」

彼は、わざと煙草を吸って言いにくそうにききだした。

「は、なんでしょうか？」

「浜田さんには……好きな女の人がいたんじゃないですか？」

「…………」

女房は、顔の神経をぴりっとさせた。眼が光る。

「やっぱりそうですか。」

と、梅木を睨《にら》みつけるように見て、

「どうもおかしいと思いました。わたしが責めても、どうしても白状しないんです。ふしぎなことがいろいろありましたから、たしかにそうだとは思っても、ごまかされてきました。……相手は、どんな女です？」

と、せきこんできいてきた。

「さあ、ぼくも詳《くわ》しくはわかりませんがね。」

と、梅木はわざとゆっくりした口調で答えた。

「ちらりと、女性といっしょに歩いている後ろ姿を人混みのなかで見たんです。」

「まあ……そりゃどこで？」

「青山辺です。ぼくは会社の帰りでしたから、ちょうど地下鉄から上がるところで混みあいましてね、後ろから声をかけたんですが、たしかに聞こえていると思ったのに、そそくさと逃げるように先に行きました。あとを追っかけるのも悪いような気がして、ぼくはそのまま諦《あきら》めましたがね。」

「その女性はいくつぐらいの方ですか？」

「後ろ姿だから、はっきりとわからないけれど、そうですね、二十七八か三十ぐらいというところでしょうか。背のすらっとした、なかなかのスタイルでしたよ。顔を見られなかったのは残念でしたがね。」

女房は、首を垂れてじっと考えこんだ。

「それについて奥さんに心当たりはないんですか？」

と、彼からきいた。

「マージャンで夜更かしするということは、この前言いましたが、」

と、彼女は言った。

「あれもほんとはおかしいと思いました。夜の二時ごろ帰ってくるんです。また泊まってくることもありました。友だちに誘われて、どうしても、ぬけられなかったと言いましてね。」

「疲れていましたか？」

「ええ、とても。」

「この前聞きましたところでは、それが一カ月おきにあったそうですね？」

「だいたい、そうでした。おかしいと思ったのは、マージャンの帰りだというのに、ときどき香水の匂いがするんです。」

「ほう。」

「これまで、夫はどちらかというと身装《みなり》を構わないほうで、そんなものをつけて帰ったことはありません。あれはきっと女の人の移り香ですわ。それをきくと、マージャン友だちに女の人がいて、隣りにすわると強い香水だから移ったのだろう、などとごまかしていました。」

「そのほかに？」

「ハンカチが違ってくることがあります。うちではとても買えないような、上品な麻のハンカチです。それをわざと洗濯して突きだすと、主人はちょっとあわてますが、これもマージャンのときに紛《まぎ》れてポケットにはいったんだろう、と言ってました。……そういえば、ときどき贅沢なものを持っていましたわ。」

「ほう、どんな?」

「たとえば、ライターにしても、名刺入れにしても、今までは高いと言って手を出さないものを持っているんです。伺いますけれど、その女の人は金持のように見えましたか?」

「そうですね、だいぶいいものを着ていたようです。」

「そいじゃ、きっと、その女からのプレゼントに違いありませんわ。」

と、女房はもう眉をつりあげていた。

「あなたのほうに、その女の人から連絡が来るとか、男名前の手紙が来るとかいうようなことはなかったですか?」

「いいえ、そんなことはありませんでした。うちにはめったに手紙も来ませんから、そんなことがあれば、わたしにすぐわかります。でも、会社には電話があるから、それでいくらでも連絡できたはずですよ。」

「先ほど、ご主人はマージャンをしたあくる日は疲れて帰ってきたと言われましたがね。……これはたいへんぶしつけな質問で、ぼくも困るんですけれど、ご主人の行方を捜すうえには聞いておかなければなりません。つまり、そういう外泊の多いときは奥さんに対しての愛情といいますか……そういう方面はどうでしたでしょう?」

「はあ……。」

と、さすがに女房は眼を伏せた。

「それがやっぱり違っていましたわ。」

と、言葉だけははっきりと言った。

「こう言っては変なふうに取れますが、主人はほかの人よりも精力的ではなかったかと思います。それがマージャンの多い月にかぎって非常に少ないんです。」

「なるほどね。最近、会社のほうからは何か言ってきませんか？」

「ええ、どこへ行ったのかと、何度もきかれましたが、わたしにだってわかりようがありません。ほんとに困ってしまいます。もしかすると、その女のところに主人ははいりこんでいるんじゃないでしょうか。青山とおっしゃったけれど、その辺に女の隠れ家《かくが》があるんでしょうか？」

「さあ、なんとも言えませんね。あ、そうそう、それから、お金の面はどうでした？　給料はちゃんと持って帰っていましたか？」

「ええ、それはちっとも変わりはありません。ふしぎですわね。女の人ができたら、男はたいてい金を使うはずですが……。」

梅木はそのアパートを出て、近所の喫茶店にはいった。

2

どうもわからない。――ただし、女房の言葉で浜田弘が完全に女関係のあったことがわかる。それも隔月だ。豪華なライターやハンカチを持っていたというから、女のほうから男にくれてやったのだろう。この関係は、女が男を飼っていたことを意味する。

ほかに目新しい材料は取れなかった。あの女房を逆上させて、洗いざらい聞くつもりだったが、それも出なかった。浜田弘は、女房には上手に隠しおおせていたのだ。

もともと梅木には、浜田弘のような魅力のない男に、あの女がくっついているのが不合理でならないのである。浜田から彼女を取りあげたいのが彼の最初の執心だった。

しかし、女も消え、男も消えた今、彼女に対する欲心以外に、この謎をなんとか追ってみたいという気持が強くなってきた。男女の駆けおちという平凡な現象ではないからだ。その奥には何かがある。

いや、彼の今の気持は〝あの女〟に欲望を感じるよりも、もっと強い精神的なものにつき動かされていた。彼はなんとかして、彼女にもう一度会いたかった。

ところで、これから打つ手はどうしたらいいか。女が都内の高級アパートに移ったのではないかという推測があるのみで、この方面から手をつけてみることにした。都内の高級アパートといっても、選択すれば、そう数は多くないはずだ。またそんなに不便な土地にいるとも思えないから、およその見当はつきそうである。

たとえ偽名で入居していても、最近、移転してきた女の特徴を言えば、手がかりはつきそうに思えた。

梅木は最も困難で面倒くさい方法を採《と》った。都内の目ぼしい高級アパートを片端から訪ねてまわったのだ。

昼間は会社の仕事があるから自由がきかない。それでも、近くの京橋付近は、昼食休みを利用して、できるかぎり行動した。

あとの調べは会社の帰りになる。独り者だからその点は気楽だ。どのアパートも管理人はたいてい九時ぐらいで部屋の灯を消すようだから、長い時間を費やすわけにはいかない。

だが、高級アパートとなると、だいたい、山の手方面を見当にしていいようだ。あの女だから、うるさい環境を選ぶとは思えない。

一週間はこんなことで経った。半ば予期したことだが、手がかりは皆無であった。バス代と電車代の浪費で終わった。これが運送店を利用してあの女が移転したのなら、その運送店を捜しだして手がかりを求めるということもできる。だが、女はその辺をちゃんと計算に入れたとみえて、調度はことごとく処分して出ているのだから、手も足も出ない。

梅木は、見込みのない捜索をしばらく諦《あきら》めることにした。しかし決して断念したのではなかった。いつかはあの女の行方を突きとめてみせる、と思っている。

例の浜田の会社に電話をかけて、それとなくききあわせてみると、依然として彼の消息はわからないらしい。家出人捜索願いは出しているのだが、このような届け出はすこぶる多いとみえて、警察でも殺人の疑いがないかぎり本気になってくれないとみえる。いっこうにらちがあかないふうだった。

その後、一度、浜田の女房のアパートに行ってみたが、留守で会えなかった。だが、たびたび行くのも逆にこちらが疑われそうな気もするので、こっちもしばらくは足を遠のかせることにした。行っても手がかりはないに決まっている。

梅木は会社から帰ると、仕方なしにアパートの天井を眺めてごろごろと寝ていた。新聞に浜田弘らしい変死体が発見されたというような記事はないかと、社会面を隅まで気をつけて見たが、いっこうにそれらしいものもない。

いったい、あの男女ともどこに行ったのだろうか。

新聞にも飽きた彼は万年床の中から汚ない天井を見つめては取止めのない空想を走らせていた。

こうなると、かえって浜田弘が羨ましくなってきた。あのような魅力のある女性に一時でもかわいがられていたかと思うと、自分の身のわびしさがこたえる。

藤村真弓からは誘いの電話がかかってくるが、ひとたび〝あの女〟に心がゆさぶられたあとは彼女が子供っぽく見えるだけだった。アメリカの映画女優に似ていると、店にくるサラリーマンにさわがれている真弓のかわいらしさにも興味がなかった。デイトの約束も渋りがちになる。

といって、ほかの女たちとも遊ぶ気がなくなっていた。〝あの女〟の面影ばかりが浮かんでくるのだ。

そんなある朝だった。

例によって寝ころんで新聞をひろげていた。彼は眼のさめるのが遅い。ひとり者だからそのままにしていると昼までも寝かねない。目覚し時計でやっと会社の遅刻をまぬがれる程度だった。そんなときはトースターをいじる暇もなかった。

だが、新聞だけはどんな忙しいときでも丹念に読むことにしている。

その朝も、記事に目ぼしいものはなかった。諦めて漫然《まんぜん》と写真版を見ていた。

自動車事故の現場や、傷害犯人の顔写真などが載《の》っている。ところが、あまり写真が大きすぎてうっかりしていたのだが、中央に載っている写真をふと見ると、大勢の紳士や婦人たちが立派な部屋に集まっている。横の題に眼をくれると、なんでもフランスから来た有名なデザイナーが新作を見せるとかで、最近できた豪華なOホテルを会場にして、贅沢な階級の人々を集めての発表会であった。

こんなものは梅木には興味がなかった。だが、活字面に飽いたので、仕方なしに写真の群衆の顔を眺めていると、彼は、思わず息をのんだ。

小さい顔だが、まさしく〝平井〟と名乗るあの女がそこにいるではないか。彼は自分の眼を疑った。

それはフランスのデザイナーを囲んで円形に集まっている人たちだったが、ちょうど、写真の右側の、やや離れたところに、あの女らしい姿が立っている。白っぽい着物を着ているが、見違えようはない。それは、女がこちら側にいるかなり年配の男と何やら話しているところで、ちょうど、顔が正面に向いているからよくわかる。

だが、世の中には似たような顔もある。梅木はあわてて床から起きあがり、机の引出しから虫眼鏡を捜しだした。

その写真にレンズを当てたのだが、細部はただ網の目が拡大されているだけで、見た眼以上にわかりようはなかった。

彼は急いで記事を読んだ。すると、その発表会には宮様もお二方《ふたかた》お見えになっている。よく新聞面に出てくる名流夫人の名前がいくつか連らねられてあった。

写真説明は、単にデザイナーと、宮様と、主催者の某旧華族夫人の名前とを挙げているだけで、梅木が最も欲しい女の名前はなかった。

だいたいの予想はあったが、これほど上流階級にあの女が身を置いているとは思わなかった。

あのアパートを借りていたのは、いよいよこの女のかくれた生活ということになる。彼は瞬《またた》きもせずに、優雅なほほえみを浮かべている女の小さな顔を見つめていた。

すると、梅木に一つの案が浮かんだ。

それは彼女が話している相手の男だ。頭は禿《は》げて、背が少しかがんでいる。蝶ネクタイを結んだ瀟洒《しょうしゃ》たる老紳士だが、こういう場所に来るからには相当な名士に違いない。

梅木は、知りあいの新聞記者のところに駆けつけて、まず、この紳士の名前をきこうと考えていた。

3

「この人はね、」

と、梅木の持参した新聞を取って井上は言った。彼はS新聞の記者である。新聞社の近くの喫茶店で二人は向かいあっていた。

「たしかに楠尾英通《くすおひでみち》だと思うな。」

「どういう人かい？」

「ほら、元華族で、たしか伯爵だったはずだ、大名華族でね。今は何をやってるのか知らないが、名誉職はいくつかつとめてるはずだよ。もしかすると、会社の重役でもしてるのかもしれない。」

男の名前はそれでわかった。

「君、迷惑はかけないから、君の名刺を一枚くれないか。」

と、梅木は言った。

「ぼくの?」

「そうなんだ。この楠尾さんに面会に行きたい。いや、じつはあることがあってね。楠尾さん直接ではないが、ほら、この横に立って話してる婦人がいるだろう。この人の名前を知りたいんだ。」

「へえ、変わったことを考えだしたものだね?」

「まあね。で、この楠尾さんから、女の人の素性をきいてみたいんだが、ぼくらなんかが行ったって、こういう名士が会ってくれるはずがない。ぼくの名刺を出しても、商事会社の社員じゃ門前払いがオチさ。そこへいくと君のように大新聞社の記者の肩書があると、これはちゃんと会ってくれるだろう。目的はそれだけなんだ。決して迷惑はかけない。」

「そうか。」

と、井上は考えていたが、

「いいだろう。君を信用するよ。」

と、気前よく自分の名刺を一枚くれた。

「で、君はどう言って会うんだ?」

「なに、はじめは適当な口実で取材に来たと言うよ。」

4

友だちと別れて梅木は、さっそく電話帳を繰《く》った。楠尾英通は港区麻布《あざぶ》永坂《ながさか》町××番地であった。彼は、その住所と電話番号を控えた。

はじめは、楠尾氏が在宅かどうかわからないので、新聞社の名前で電話をしようかと考えたが、これは安全を期して中止した。

梅木は、その場から会社に電話をかけて、知りあいの者が郷里から上京したので二時間ばかりつきあうと断わり、文房具店に寄って鉛筆を二三本買い、胸のポケットに収めた。新聞記者としての偽装だ。

四十分ののち、梅木は瀟洒《しょうしゃ》な住宅街の一角に立っていた。捜して歩くと、楠尾英通氏の家は、この辺でもひときわ目立つほど立派な邸《やしき》であった。いったいにこのあたりは坂の多い台地となっていて、谷間の向こうにも丘が見える。そこにもさまざまな木立に囲まれた白い邸がならんでいるのだが、外国の国旗が二三見えるのは、大使館や公使館があるからだ。この辺の空気までが贅沢に感じられた。

梅木は、気おくれがするような立派な玄関への道をはいっていった。白い砂の庭には緑の花壇が配置されている。

出てきた上品な女中に彼は名刺を渡した。女中はいったん奥に引っこんだが、S新聞社の威力は予想どおりだった。

通された応接間もそれほど広くはないが、華麗なものだった。壁には大小の油絵が掲《かか》げられてある。マントルピースの上には鹿の頭がはまっていた。すべてがどことなく宮廷風な優雅さを感じさせるのは主人の好みかもしれない。

その主人が着流しで現われたが、あの写真で見たとおりの顔だった。痩せた肩に渋い着物がのっている。

「どういうご用ですか？」

と、六十四五とも見える老人は、シミの浮いた顔をにこやかに向けた。頬が尖《とが》り、眼が落ちくぼんでいるが、若いときはなかなかの美男であったろうと思わせる容貌であった。

「なに、この女《ひと》のこと？」

梅木が用件に移って問題の写真版を指で示すと、老人の顔色が見るまに変わった。それはあきらかに訪問客に対する怒気の表情であった。

山辺《やまべ》夫人

1

老人は上品だったが、それだけに忿怒《ふんぬ》の形相《ぎょうそう》はいちじるしかった。

梅木のほうが唖然《あぜん》としたくらいである。新聞の写真版を見せて例の女のことをきいたとたんに、相手の顔色が変わったのだ。老人は敵意と猜疑心《さいぎしん》とを露骨に出していた。

「この女性とぼくとは、べつに深いかかわりがあるわけではないのです。」

梅木は、おだやかに答えた。

「ただ、ちょっとしたことで、この方のお名前を知る必要ができたのです。」

老人はふいと眼を逸《そ》らした。

「ちょっとしたことだって？」

彼は両手を背中に回し、その辺の床の上を二三歩あるきまわった。

「それはどういう内容だね？」

老人は、ぴたりと梅木の前に立ちどまってのぞく。歩いているうちに、気を鎮《しず》めたものらしい。

「詳《くわ》しくは申せません。ただ、ぼくの友人がこの方にお近づきになっていたと思ったからです。」

「それなら、君、」と、老人はどこか狡《ずる》そうな眼つきで言った。

「君の友人にきくがいい。なにも私のところに来ることはない。」

「友人は行方不明です。」

梅木が答えると、老人は瞬間、眼を大きくした。鈍《にぶ》い灰色の瞳が宙にすわっていた。

だが、べつに言葉を吐くではなく、また床の上を回った。

見ていると、外国映画のシーンにありそうな動作だった。

「君……君の友人がこの方を知っていて、そして現在行方がわからないというんだね？」

「そうです。」

うつむきかげんに歩きながらの質問だった。

「君の友人の名前はなんというんだ？」

「友人のプライベートになりますが、それは、この女性のお名前を明かしてくださるという約束ならお話しします。」

老人は瞳を激しく動かし、伏し眼になった。

「君の友人というのは、いくつだね？」

「はあ、たしか……四十……三です。」

浜田の年齢などはっきり知らないが、友人と名のった手まえ、梅木は推定で答えた。

「うむ。……勤め人か？」

「そうです。」

「会社の名前も言えないわけだね？」

「言えます。それも、この方のお名前を打ちあけてくださるという前提に立ってです。」

老人はまた頰を紅潮させた。

「断わる。」と、きっぱり言った。

「なぜですか？」

「なぜというのかね？」

老人は反問した。

「君がその友人の名前を言えないのと同様だ。いや、もっと重大だ。たとえ、君がそこで行方を絶った友人の名前を大声で喚《わめ》いても、私にはその女性の名は言えないね。」

老人は、椅子にすわらずに道を開いて立っていた。

梅木は椅子から腰をあげた。出て行け《ゲラウト》、と静かに言われたのだ。

梅木は楠尾邸を出た。秋の陽《ひ》の当たっている坂道をのぼった。

楠尾英通は、なぜ、あのように憤《おこ》りだしたのか。まるで自分の秘密を嗅《か》ぎあてられたように、えらい剣幕《けんまく》だった。あの怒りは他人のことではなく、肉親的な連帯感情を思わせた。名前を明かすのに都合が悪ければ悪いで、もっと冷静に答えていいはずだ。感情的になる理由がわからない。老人自身が、よほど、あの女性と親しい関係にあるのか。

楠尾英通は元貴族だ。えてして、戦前からの特権階級の中で過ごした人間には、庶民の感情とは隔絶した先天的な自我意識がある。これは、おのれだけを特別なものに扱って他からの容喙《ようかい》を許さない体《てい》のものだ。外に向かっては排他的となり、内に向かっては同族意識となっている。

そのように解釈してみると、なんとなく楠尾老人の怒りの理由がわかるような気がする。つまりあの謎の女も旧貴族の仲間ではなかろうか、という想像だ。

なるほど、戦後になって旧貴族は崩壊し、彼らは庶民の中にまぎれこんだ。入れ違いに、庶民の中から新しい特権階級が出てきた。

しかし、伝統のある旧貴族と、俄《にわ》か成金的な新貴族とは、必然的に体質が違う。どのように落ちぶれても、旧貴族には庶民の感情とはまったく異質な先天的精神がある。それはあたかも偏執狂的な症状と似ている。

ここまで考えると、いつか車の中で見た女の動作や、そのアパートに訪ねていったときの印象が蘇《よみがえ》ってくる。思いあたるのは、あの女がどこか通常の人間と違って、一つ抜けたところがあるといった感じだ。

この〝抜けたところ〟というのは、白痴や精神耗弱《こうじやく》という意味ではなく、それこそ実生活と隔離された貴族意識と、庶民の生活観念との違和点のことである。

貴族はえてして自己本位に物事を考える。他人への顧慮が絶対にない。世の中を自己のものとして判断するのだ。そこが一見、天衣無縫な、非常識な、奇妙な行動となって人には映るのである。

梅木は、もしかするとあの女は、かつては貴族の中にはぐくまれてきたのではないかと思った。楠尾元伯爵が激怒して彼を追っぱらったのは、同族意識からの共同防衛ではなかろうかと思った。

もともと、あの発表会は有名な人士を集めていた。招待された側には、宮様夫妻がいた。ここには、たんなる金持や普通の社長族ははいっていない。昔なら宮中席次の肩書を持っていそうな人たちばかりの集まりであった。

ここまで見当がつけば、あとの調査はだいぶ楽になる。昨日の会場に当てられたホテルを当たればいい。

そのホテルの支配人にきいてみることだ。ああいう豪華なホテルのボーイたちは、そのような階級の客にしばしば接しているから、顔も名前も知っているだろう。

2

梅木はOホテルに行った。最近できたばかりで、何かと話題となっている豪華な建物である。

フロントで、支配人に会いたい、と言うと、こちらの名刺を事務員は読んで胡散《うさん》げな顔をした。

どういう用か、ときく。

昨日の、デザイナーの新作発表会のことだが、その発表会に集まったお客さまについてききたいと言った。

「具体的にはどういうことをお知りになりたいのですか?」

フロントの事務員は小賢《こざか》しげにきく。それは支配人に会って質問しないと、身分のある人だから困る、と断わった。

事務員は電話で連絡していたが、支配人はいま手が放せないので、副支配人ならお目にかかってもいい、と返事を伝えた。

梅木が導かれたのは一階の奥まった部屋だった。その辺は事務室になっていて、ガラス戸越しに見ると、大勢の男女がしきりと伝票計算をやっている。

通されたのは隣りあった小さな部屋で、壁には偉容を誇るOホテルの全容が大きな写真となって掲《かか》げられてある。

副支配人は、三十七八の、背の低い男だが、顔立ちはなんとなく日本人ばなれがしている。いつでも客の前に出られるように、黒っぽい洋服に蝶ネクタイ姿だった。

「昨日の会のことで、お見えになったそうですが？」

副支配人のほうから、きいてきた。

「じつは、この写真のことですが。」

梅木は、新聞の切抜きを手帳の間から取りだしてひろげた。

「昨日のお客さまで、ぜひお名前を知りたい方があるんです。この写真にその人の顔が出ていたので、こちらに伺えばわかると思いましてね。」

切抜きを渡すと、副支配人は眉をひそめてそれを眺めていたが、顔をあげ、

「それは、どういう筋合《すじあい》からのお調べですか？」

と反問した。

「ご承知のように、昨日集まられた方は上流階級の方々ばかりですが、私の会社の出資者関係で、この方のお名前を知りたいと言ってこられているのです。ですから、これは、社自体の関係ではなく、いわば個人的な依頼なのですが、有力な出資者ですから、われわれも放ってはおけず、こうして伺ったわけです。」

「この方ですか、なるほどね。」

副支配人はしばらく見つめていたが、その切抜きをていねいに梅木のほうへ押し戻した。

「残念ですが、私にはよくわかりません。はじめて拝見するお顔ですから。」

副支配人は慇懃《いんぎん》で冷たい調子で言った。

「それでは、昨日の発表会にマネージャーとして万事を采配されたお方はおられませんか？」

梅木は粘《ねば》った。

「そのときのマネージは私がしました。」

副支配人は答えた。

「ほう、あなたが。……では、この発表会の主催者側をごぞんじなんでしょうね？」

「さあ、それはなんとも言えません。」

「主催者は招待状を出しておられるから、お客さまの名前も、わかっていると思います。恐縮ですが、あなたのほうから問いあわせていただくことはできないでしょうか？」

「そうですな。」

と、副支配人は渋い顔をした。一文《もん》にもならないのに、そんな面倒な仕事は引き受けたくないらしい。

「なにぶん忙しいものですから。」

と、はたして副支配人は言った。

「ちょっと、その時間がないのです。なんでしたら、あなたが直接主催者のところに行っておききになったらどうです？」

「それはいたしますが……そのほかに、この写真の中のお客さまのお名前はわかりませんか？」

梅木はもう一度切抜きを相手のほうへ強引《ごういん》に向けた。

「そうですな。」

副支配人は少々面倒臭そうに、また切抜きを眼の前にひろげていたが、

「この方ならぞんじあげていますよ。」

と指さしたのが、なんと楠尾英通だった。

「ははあ。」

梅木は、わざと楠尾に拒絶されたことは話さず、どういう身分の方かときくと、副支配人は得々《とくとく》として、元伯爵で、現在はこういう会社に関係しているなどとしゃべった。

相手の話が終わるのをおとなしく傾聴したあげく、

「どうも、そういう方におききするのは気おくれがしますね。」

と、梅木は頭をかいた。

「もっと気楽な方はいらっしゃいませんか？　いいえ、この写真の中に写っていらっしゃ

らなくてもいいんですが、当日の参会者のうち、なるべく顔の広いご婦人はおられませんか?」

「そうですな。」

副支配人は、いろいろな客を知っているという得意さもあったのだろう。少し考えていたが、

「そうだ、それだったら、山辺《やまべ》夫人がいいでしょうな。当日もいらしていましたから。」

と言った。

「山辺夫人?」

「はあ、夫人の先々代は維新《いしん》の功労者ですよ。ご主人は元イタリア大使をなすった方です。もうご年配ですが、いろいろなことに世話好きで、ほうぼうの会にも顔を出しておられます。あの方でしたらごぞんじかもわかりませんね。」

「ご年配というと、いくつぐらいの人ですか?」

梅木は、今度こそ手がかりが摑《つか》めたと喜んだ。

「そうですね、あれで六十は越していらっしゃるでしょう。しかし、ちょっと見ると、まだ五十そこそことしか思えません。」

梅木は、副支配人の言葉を胸の中に抱えてホテルを出た。

元大使夫人で、年齢が六十、よくほうぼうの会に顔を出す世話好きの女――これだけ考えると、本人に会わない先にそのイリュージョンが描けた。きっとおしゃべりの女に違いない。いわば上流階級の金棒引きであろう。こちらから巧くおだてたら、何もかもしゃべってくれそうだ。副支配人はいい人の名前を教えてくれたものだ、と思った。

山辺夫人の住所は、これも電話帳を繰《く》ってわかった。

――千代田区麴町番町××番地　山辺菊子《やまべきくこ》

これに違いない。ホテルでも英国大使館の裏にお住まいだと言っていた。

梅木が電話を掛けると、女中に代わって、澄んだ女の声が出た。当の山辺菊子なら、六十を過ぎているというのに、いかにも若やいだ声である。

「昨日、Oホテルで行なわれた新作デザイン発表のレセプションのお客さまのことで、少しおたずねしたいのですが、これから五分間だけお邪魔させていただいてもよろしいでしょうか？」

なるべくていねいな言葉を使い、Oホテルの副支配人の紹介だと前置きに嘘をついた。ただ、自分の名前は正直に述べた。

ホテルの名を利用したのがあんがいに効《き》いたのか、

「どうぞ。」

と、夫人は気やすく承知した。

3

梅木は、なるべくきれいなタクシーをよって拾い、番町へ走らせた。

英国大使館の裏はひっそりとした邸町《やしきまち》になっている。元大使夫人の住居《すまい》には格好の一画だった。

しかし、訪ねあててみると、家はあんがいに小さかった。古い型の和洋折衷《せっちゅう》の家だ。表の石塀の端が少し崩れかけている。荘重な楡《にれ》の木のドアの前に立って呼鈴を押すと女中が出てきて、これも古めかしい応接間に通した。調度は豪華だったが、なんとも時代ものばかりだ。肘椅子《アームチエア》に腰をおろすと、尻の下で音が軋《きし》った。壁間の洋画は茶褐色の強い自然主義風の風景画で、十九世紀風なマントルピースの上には大礼服姿の亡夫の写真と羽織《はおり》袴《はかま》姿のいかめしい顔をした老人の写真とが並んでいた。このほうはだいぶ古いものらしく、かなり色あせている。維新《いしん》の功労者であったという夫人の先々代なのでもあろうか。

梅木の眼がようやく見物に倦《あ》いてきたころ、軽いノックがして一人の背の高い女がはいってきた。髪は豊かにふくらんでいるが、きれいな銀髪がわずかに混じっている。頬は少女のように紅《あか》かった。梅木は心の中で驚嘆した。Oホテルの副支配人は、五十そこそこに見えると言っていたが、これで銀髪さえ眼につかなかったら、まるで四十七八でも通りそうな容貌だ。

若いとき、さぞ美しい人だったろうと思われるのは、頬が豊かで、眉毛は濃く、すんなりと鼻筋が通って、やや受け口の唇がかわいい感じからだ。

よく見れば小皺があるが、それでも、普通のこの年配の老婦人よりはずっと少なかった。顔はきれいに化粧をしている。着物も訪問着かと見まごうぐらいに立派なものだった。

梅木隆介は、長く待たされた理由をこの支度に手間どったためだと察した。

夫人は、いかなる来客にも、決して、素顔やふだん着では会わない性格の人のようである。つまり、これまで絶えず他人に見つめられているような環境の中で過ごした女性だと思われた。

「どのようなご用件でしょうか？」

言葉は柔らかいし、電話でも聞いたように声が若やいでいた。調子もまろやかであった。

梅木は、われながらへまな挨拶をしたあと、手帳の間から新聞の切抜きを取りだして、写真を山辺夫人のほうに見せた。

「ここに写っていらっしゃるこの方を、奥さまはご存じでいらっしゃいますでしょうか？」

夫人は、おもむろに懐《ふところ》から眼鏡のサックを取りだした。

「年齢《とし》をとりますと、なんといっても眼のほうがいけなくなるんでございますよ。ほほほ。」

　眼鏡の縁《ふち》はうすい銀の華奢《きやしや》なものだった。

「どれ、この方？」

　指で写真の人物を押さえてみて、

「ああ、……」

と言いかけたが、はっ、と気づいたようにあとの声をのんだ。それが急に反問に変わった。

「……この方が、どうかなさいまして？」

　眼鏡越しにこちらを見上げた眼は大きい。黒い瞳《め》がまるで眼球に貼《は》りついたようにじっとしていた。この表情も若いときは魅力をたたえたことであろう。

「はあ、じつは……」

と、梅木は断わられない先に、急いで理由を言った。

「私のほうの株主の方がどこかでこの方をお見かけして、それ以来たいそう、興味といっては失礼ですが、魅力をお感じになられたようです。それで、なんとかお名前だけでもわからないかというわけで、私が重役からそのほうの調査を命じられましたのですが。」

「あら。」

　老夫人はまた眼をつぶって、静かに銀ぶちの細い眼鏡を指先ではずした。

「先ほどのお電話でホテルの副支配人からの紹介だとおっしゃいましたが、ほんとうにそうなんでございますか？」

山辺夫人は、とっさに疑念が起きたらしい。もし、ここでいいかげんなことを言えば、夫人は本気でホテルのほうに問いあわせをしかねなかった。

「はあ……」

梅木は躊躇《ちゅうちょ》したが、思いきって押した。

「副支配人に、こちらの奥さまにおききすればわかるでしょうと言われましたので。」

言葉そのものに嘘はない。ただホテルの副支配人は彼の言うほど積極的でなかっただけだ。

「妙なことを申しますのね。」

夫人はその上品な細い眉を寄せた。

「いいえ。ホテルの思い違いでしょう。わたしは存じあげませんよ。」

と、初めてきっぱりとした返答だった。

だが、先ほど夫人は、うっかりと何かを答えかけていた。途中で気がつき、あわててあとの言葉をのんだのだが、あれは完全にその女性の素性を知っているからである。

夫人はあきらかに彼を警戒したのだ。

「しかし、奥さまは、」

と、梅木は粘《ねば》った。

「社交界でお顔も広く、さまざまな会合にはよく主催者側に立たれると伺いましたが。」

「それは、まあね……。」

と、夫人はうつむいて微笑した。

「こんな年齢《とし》ですし、なんとなく、そんな世話役みたいなことを頼みにいらっしゃる方が多うございます。でも、お集まりの方々を、みなさん存じあげているわけではございませんわ。」

「しかし、このファッションの会は、名流の方ばかりお集まりになったように伺っております。それだと、当然、奥さまもこの方を……。」

知っているはずでしょう、と言いかけたが、夫人はぴたりと抑えた。

「いいえ、わたしは存じあげませんわ。」

と、顔つきまでにわかにこわいものになった。優雅な顔だちだけに、感情が激しく見える。

「どうぞ、そのことでしたら、わたしは何にもぞんじませんから、これでおひきとりねがいます。」

宣告を受けて梅木は頭を下げた。

「それでは、最後に一つだけおたずねさせていただきます。この会にお集まりのお方は、みなさま上流の方々ばかりだと思いますが、だいたい、どのような範囲のお方にしぼられていたのでしょうか?」

「ぞんじません。」

拒絶となると徹底していた。

「何も、お答えしたくございませんわ。どうぞ早くおひきとりくださいませ。」

――梅木は黴臭《かびくさ》い典雅な邸を出た。

これで、あの女を知っている人間は、確実に二人はいるとわかった。一人は楠尾氏だ。一人は山辺菊子夫人だ。どちらにも共通していることは、写真の女性の素性に関しては、絶対に口が堅いことだった。

これも、彼らの連帯意識であろうか。

いずれにしても、あの女性が庶民生活に関係のないところにいることは確かなようだった。

それが、どうして浜田弘に線が結びついたのか。浜田が無教養でつまらない男だけに、梅木隆介は不思議だった。

浜田弘といえば、その後も彼の行方はさっぱりわからない。女も姿を消している。

梅木は会社の勤めがあるので、そんなに毎日、女の行方ばかりを捜していられなかった。出勤前と退社後のわずかな時間しか利用できないのだ。時間的な制約があるからこれでは充分な調査はできない。

しかし、たとえ時間的な余裕があっても、現段階で彼女を突きとめることは不可能だった。

彼女の正体を知っている者は、少なくとも二人はいるわけだが、これは目下、歯が立ちそうにない。この両人の関係から他の適当な人間を求めることは不可能ではないが、そこに行ってもやはり同じような結果になりそうである。

調査はここで完全に行きづまった。彼は銀座のデパートで、こづかいをはたいて、女の使っていたあの〝スキャンダル〟の小瓶を買うと、なんということもなくポケットにひそませた。これで一つの〝事件〟への、彼の追及は終わりそうであった。

4

藤村真弓から会社に電話がかかってきたのはその翌日だった。

「今日も忙しいの？」

彼女の声はとげとげしかった。

近ごろは、一件の調べに没頭しているので、真弓とデイトする時間もなかった。もっとも、見あきている真弓と会っているよりも、こっちの好奇心を満足させたほうがはるかに面白いし、いまの彼には〝あの女〟以外の女は眼中にない。

しかし、調べも壁に突きあたったし、久しぶりに真弓の顔を見てもいいと思った。

「では、会社が退《ひ》けたら、いつものところで待っててくれ。」

「そう。やっと、お情けに会ってくれるのね。」

それでも、真弓の声ははずんでいた。

いつもの場所は有楽町のフードセンターの中の喫茶店だった。ちょうど各会社の退け時なので、この喫茶店もサラリーマンやBGで混みあっている。

席が空《あ》くのを待って、壁のほうに佇《たたず》んでいる人もかなりあった。その中に赤いハンドバッグを抱えた藤村真弓がいた。

「やあ。」

梅木は彼女の横に並んだ。

店内は客の煙草の煙で曇り、話し声が一つの不協和音となって唸《うな》っている。

「ずいぶん、しばらくね。」

真弓は、そばに並んだ梅木に白い眼を向けた。

「ああ、忙しかったのでね。」

彼はとぼけた顔で、客席の空くのを眼で捜していた。

「うそ……。」

と言いかけたとき、窓ぎわの隅で客がひとり立った。

二人は席についた。

「どうして、ずっと会ってくれなかったの？」

真弓は初めからにこりともしないで睨《にら》んでいた。

「いろいろと忙しくてね、なかなか時間がなかったんだ。そりゃあ、ぼくだって会いたいと思ったさ。」

梅木は煙草をふかした。煙で女の顔がうすれた。

「ふしぎだな。」

真弓はその煙を手で払いのけて言った。

「何よ？」

「だって、いま君が煙を払っただろう。すると、ぼんやりしていた君の顔が、忍術みたいに煙の中から現われてきたんだ。」

「ごまかさないでよ。」

真弓は腹を立てた口調だったが、恋人にしばらくぶりに会えたので、どこか浮き浮きしている。

「ほんとうに、会社の仕事で忙しかったの？」

「ああ。」

「嘘ばっかり……夜の八時ごろに何度も電話をしたわ。すると、守衛さんが、もう、とっくにお帰りですって。」

「…………」

「夜業だなんて言いわけ言ってもすぐわかるわ。……誰か好きな女《ひと》でもできたんじゃない？」

「女はすぐにそれだから困るな。」

「じゃ、はっきり言ってよ。理由を言わないで茶化してばかりいると、こちらがいらいらするわ。」

「そんなことじゃないんだ。」

「じゃ、ちゃんと話してよ。」

真弓はつめよった。

その真剣な眼を見て、梅木はよほど事情を打ち明けようかと思った。しかしそれを話せば、彼がなぜあの女に興味を持っているかに触れなければならない。やはり、そこだけは当分、隠しておきたかった。

だが、彼はふと、この調査に真弓を使ってみたら、という考えが起きた。男の自分ではいろいろと不都合な点がある。しかし、女だとそれがずっとスムーズにいく場合があるのではなかろうか。

だいたい真弓は推理小説が好きで、エラリー・クイーンだのクリスティだのと、しじゅう口にしている娘だった。だからこんな事件にはぴったりではないか。

ただ、自分がどうしてこのことに興味をもっているかを、どのように彼女が納得するように説明するかだ。

「何を考えているの？」

彼女は見すえたままで言った。

「どうせ、また、苦しまぎれにいいかげんな理由を考えているんでしょう？」

「それだったら、とっくに考えているよ。君に会ったとたんに思案するような不手際はしないよ。」

「………」

「それは君の思い違いだ。それは信じてほしい。」

真弓の顔は多少和らいだが、やはり暗い表情は残っていた。

「まあ、久しぶりに会ったんだ。喧嘩をしないで、これから映画にでも行こうか。それほど腹がすいてなかったら、あとで食事をとればいい。」

「今は絶対に言えないの？」

「言えなくはないがね。こんな雰囲気では、ちょっと、具合が悪いよ。そうだ、食事のときに話そう。」

「約束する？」

「大丈夫だ。」

映画を見ているあいだに、どうにか考えが決まるだろう。

両人《ふたり》は喫茶店を出て、有楽町駅のガードのほうに歩いた。

駅近くまで行ったとき、梅木は立売りの夕刊に眼を向けて、思わずそこで足が停《と》まった。

新聞の立売台には、書きビラがさがっている。

〝箱根山中で男の惨殺死体発見〟

箱根の山荘

1

梅木は夕刊立売台に下がった〝箱根山中で男の惨殺死体発見〟のビラを見ると、奪うようにその新聞を取った。

社会面をひろげて、彼の予感が誤りでないことがわかった。写真版の浜田弘の顔がすぐに眼についた。

「ちょっと君、そこで待っていてくれ。」

と、梅木は横にいる真弓に断わった。

「どうしたの、何かあったの？」

真弓も新聞を横からのぞきこんだ。

「ああ、読みたい記事があるんだ。」

彼女がそこにいたのでは邪魔なので、構内の壁にもたれて記事に読みふけった。

〝十月十五日午前六時半ごろ、箱根の宮の下から強羅《ごうら》にいたる国道の南側約六メートルばかりの茂みの中に、男の腐爛《ふらん》死体のあるのを付近の旅館に泊まっていた散歩客が発見、ただちに届け出た。神奈川県警本部から捜査課長をはじめ、鑑識課員などが車で現場に急行、検視を行なった。その結果、死後十日以上経過していることが判明したが、付近に落ちていたマッチが近くの旅館〝あざみ荘〟であるところから、同旅館を調べたところ、服装その他により東京都新宿区東大久保××番地、岡野アパート内、会社員浜田弘さん（四十二）と判明した。浜田さんは、去る九月二十日から〝あざみ荘〟に泊まっていたが、十月二日の朝、東京に帰ると言って宿を出発していた。検視の結果、浜田さんは、麻紐のようなもので首を絞められたことがわかったが、その紐は見当たらない。浜田さんは、洋服の内ポケットに現金二万五千余円を持っており、県警本部では、もの盗《と》りではなく、怨恨関係による殺人事件とみて目下捜査中である。〟

浜田がその消息を絶って以来、殺されたのではないかという直感はあったが、こうして現実に、絞殺死体となって発見されたとなると、やはりショックだった。梅木はその記事を二三度くりかえして読んだ。

「ねえ、まだなの？」

と、真弓が鼻をならして近寄ってきた。

「早く行きましょうよ。」

真弓は、梅木がただの好奇心でその記事を読んでいると思っている。

この構内付近は若い人たちの待合わせ場所らしく、壁ぎわには男や女がひっそりと佇《たたず》んでいる。

梅木は新聞を四つにたたんでポケットに入れたが、こうなると映画どころではなくなってしまった。

この事件の調べに真弓を使う考えもなくはなかったが、いま、映画や食事ばかり急いでいる女の顔を見ていると少々、気落ちがする。

「悪いけどね。」

と、彼は言った。

「ぼく、急に用事を思いだしたので、よそに回らなくちゃいけなくなったんだよ。」

「…………」

真弓はこわい顔になって梅木を見つめた。

「何よ、急な用事って?」

と、彼女は鋭く詰問《きつもん》した。

「何か新聞の記事に関係のあることなの?」

「いや、そういうわけじゃないが。」

「いやだわ、せっかく楽しみにして会ってるのに……このごろ、あんたは少し変ね。いくら電話してもなかなか会おうとはしないし、前とはずいぶん変わったわ。」

「まあ、そう言うなよ。」

と、梅木はなだめた。

「これにはいろいろわけがあるんだ。」

「知らないわ。」

「弱ったな。いずれ時期が来たら話すよ。」

「今、話せないの？」

「だからさ、ちょっと事情があると言っている。」

「わかったわ。」

と、彼女はきっぱり言ったが、見開いた眼の端が潤《うる》んでいた。

「じゃ、もうこれっきり会わないわ。」

「…………」

「電話もかけないわ。また、あなたもかけてよこさないでよ。そんな不誠実な人とは知らなかったわ。」

「君、君。」

「さようなら。」

梅木が止めるのも振りきって、真弓は駅前から日劇のほうへずんずん歩いていった。その肩がたちまち人ごみの中に消えた。

梅木は真弓がちょっとかわいそうになったが、この場合、仕方がない。駅の電気時計を見ると、六時半になっていた。これから箱根に行けば、九時過ぎには宮の下に着くだろう。

明日は会社を欠勤と決めた。こんな場合、ひとり者はいたって気が楽であった。

2

小田原まで列車で行き、そこから小田急で湯本に着いたのが九時近くだった。タクシーで宮の下へ行く。

梅木は運転手に〝あざみ荘〟と指定したので、その玄関に車をつけてくれたが、見たところ旅館は中クラスだった。国道からは離れて、やや山のほうにはいっている。

昼だと現場を見られるが、こう暗くては何もわからない。

十月の中旬のことで、箱根はちょうどシーズンだった。どこも客がいっぱいのようである。しかし、この旅館は多少空いているとみえ、それほど悪くない裏座敷に通された。窓からのぞくと、下に早川の渓流が夜目にも白く見えている。少し月の出ている晩だった。

食事を頼み、酒も一本つけてもらった。

「やあ、遅く頼んで申しわけないな。」

梅木は女中の手に素早く千円札一枚を握らせた。彼はきょうの午後、郵便貯金の五万円ばかりを全部おろしたのをもってきていた。

「まあ、申しわけございません。」

「箱根はずいぶん客がはいってるね。」

「はい、ちょうど、いまが盛りでございます。」

「おねえさんはどこの人？」

「さあ、どこでしょうか。」

と、女中は笑っている。

「当ててみようか。」

「どうぞ。」

「そうだな、福島《ふくしま》あたりだろうか？」

「あら。」

と、女中は眼を大きくして、

「やっぱり訛《なまり》が出ていますか？」

「アクセントが違うな。ずいぶん東京には慣れてるらしいが、やっぱり生まれた土地の言葉は一生身につくもんだよ。」

「お客さまはあっちのほうをよくごぞんじですか？」

「よくでもないが、ぼくの友だちが福島にいるんでね、あの辺の言葉はよく知ってるんだよ。」

そんなことから、女中の気持も口もほどけてきた。

「友人といえば、」

と、彼は杯を女中に与えて言った。

「今日の夕刊に箱根で人殺しがあったと出ていたが、どうやら、その被害者がぼくの友人の知った男らしいよ。」

「まあ。」

と、女中は眼をまるくして、

「それはちっとも知りませんでした。お客さまは、その用事でこちらに見えたんですか？」

「いや、そのためというほどではないがね。」

梅木は目的をあらわにしても差しつかえると思って、そのへんはぼかして、

「まあ、箱根へ骨休みかたがたというところだろうな。新聞によると、殺された人はこの宿に泊まっていたそうじゃないか？」

「そうなんでございますよ。」

と、女中は急にこわい眼をして大きくうなずいた。

「それが、あなた、わたくしがそのお客さんの係りだったんです。」

「えっ、君が？」

そいつは知らなかった、と梅木隆介は言い、次いで、その殺された現場はどこかときいた。

「つい、その先でございます。」

と、女中は国道の方角を指さした。

「ここから歩いても、そうですね、十分ぐらいの所でしょうか。でも、ずいぶん草が茂っていて、あまり人のはいりこまない場所でしたから、すぐそばを車や人が通っていても気がつかなかったらしいんですね。」

「新聞で見てびっくりしたよ。で、まだ犯人の見当はつかないのかい？」

「そうらしいです。こちらに泊まっていらしたお客さんですから、警察の方が入れかわり立ちかわりお見えになって、わたくしも何度も事情をきかれました。そりゃもう大変でございましたよ。」

「その事情というのを、ついでにぼくにも話してくれないかな。さぞかし君も同じことばかり言って口がだるくなってるだろうがね。」

と、彼女の杯にもう一度酒を注いだ。

「はい。それはこういうことなんです。」

女中は梅木に杯を返し、うすい唇をなめた。

「そのお客さんは、九月二十日ごろから、ずっと泊まっていらっしゃいました。座敷は、この隣りでございます。」

「おい、おどかすなよ。」

「いいえ、ほんとうでございます。それから十月二日まで十日以上おいでになったのですが、あまりお話しなさらない方で……。もっとも、東京で会社にお勤めしていて、ここには休暇でいらした、とはお聞きしましたけど。」

「その十日ぐらいのあいだ、彼はずっと一人だったの？　誰かあとから訪《たず》ねてきたりはしなかったのかな。」

「ええ。どなたも。わたくしどもも、どなたか、あとからおいでになるのかと思っていましたが、そんな様子もありませんでした。ただ……。」

「ただ……、どうしたんだい？」

梅木は、女中を見つめて、あとをさいそくした。

「ただ、よくお出かけにはなりましたわ。」

「どこへ行ったのかは、わからないの？」

「はい、ご自分では、散歩してくる、と言っていらっしゃいましたけど。でも、いつもお出かけのときは、洋服にブラシをかけたり、きちんとひげを剃ったり、なにかソワソワしていらっしたようです。」

「それは、たびたびだった？」

「はい、ほとんど毎日。二時か三時ごろお出かけになって、夕方、お帰りになりました。」

「そのとき、誰やらを訪ねていくとか、知った人に会うとかいうようなことは言わなかったかな？」

「いいえ。」

「それから、東京方面から来る人をどこかで待ちあわせるというような気配はなかった？……たとえば、東京方面から来ると、到着電車の時間をきくようなことがあるはずだが。」

「いいえ、それもありませんでした。」

「宿を発《た》つときは、どんな様子だった？」

「はい。おいでになったとき、二週間ぐらい厄介になると言っていらしたのですが、十月一日の夜、散歩からお帰りになると、急に、明日の朝発《た》つから、とおっしゃったのです。」

「それから？」

「翌朝は、にこにこなさって、ごきげんよくお発《た》ちになりました。〝ずいぶん、いいことがおありのようですね〟と申しますと、〝いや、仕事がうまくいきそうでね〟と言っていらっしゃいました。」

「ふうむ。」

梅木隆介は考えた。浜田は散歩と言っておそらく、どこかで〝あの女〟と会っていたのではないか。だから服装の手入れなどを入念にやって出かけたのにちがいない。

「君、もう一つきくけど……。」

梅木は急にあることを思いついて、せきこんできいた。

「その人が散歩から帰ったあとで、香水の匂いはしていなかった？　あ、ちょっと待って……ほらこの匂いだが……。」

梅木は、ポケットの底にしのばせていた〝スキャンダル〟の小瓶を取り出して、女中に渡した。べつにこういうことに役立てるつもりではなく、ただ女がなつかしくて、手に入れたものである。

女中は目を丸くして瓶を受けとると栓をとり、鼻に近づけた。そして、びっくりしたように言った。

「ええ。そういえば、たしかに、こんな匂いがしていました。」

「君、君。」

と、梅木は言った。

「いまの話は警察の人に言ってあるのかい？」

「それが、あなた。つい、うっかりして、いま思いだしたばかりなんです。」

「そうかね。」

ちょっと考えて、

「君、その話は警察の人にあまり言わないほうがいいよ。」

「あら、どうしてですか?」

「警察はうるさいからね。ちょっとした言葉にもひっかかって、あとで、なんだかんだと君が引きあいに引っぱりだされないともかぎらないよ。」

「いやですわ。この忙しいのに。」

「そうだろう。だから、さわらぬ神に祟《たた》りなしさ。悪いことは言わないから、今後、誰がきいても今までどおりのことしか、しゃべらないことだね。」

女中はおびえた顔で、その忠告にうなずいた。

梅木隆介は、それからも女中にいろいろたずねてみて、浜田が〝散歩〟のとき、バスの停留所のほうではなく、逆の方向に歩いていった、ということを知った。

それに浜田は、小さいボストンバッグを持っていたこと、宿には彼の遺留品は何もないことなどを話してくれた。それがすべてだった。

3

梅木隆介はその晩、床の中で渓流の音を聞いた。

梅木は、かねてから浜田の失踪はあの女といっしょだったという感じを持っている。だから、この箱根の宿にも必ずあの女の影がなければならないのだが、女中の話で、やはり女がこの近くに来ており、浜田と会っていたことを知った。

こう考えると、浜田の〝散歩〟はその女の泊まっている先であろうか。あるいは、どこかに落ちあう場所を決めていたのか。

梅木隆介は、浜田がバスの停留所のほうに歩かないで、逆の方向に去ったという女中の話を、一つの鍵だとみた。つまり、浜田は、ここからさほど遠くない旅館かホテルを訪ねたのではあるまいか。

梅木がこれまで調べてみて、浜田の周囲に浮かんだ三つの名前がある。例の女はアパートで〝平井〟と名乗っていたが、この偽名は、あんがいまだ彼女が使っているのではなかろうか。

次には新聞写真から手がかりを得た楠尾英通がいる。もう一人は山辺菊子だ。もっとも、あとの二人は浜田とは目下のところ直接には無関係だが。

朝になって梅木は女中にきき、近くのホテルはGホテル、Sホテル、Fホテルで、日本式旅館ではM荘、G閣などがまず一級であることを知った。

浜田が訪ねたのはホテルのような気がする。それは例の女が和風旅館よりもホテルにふさわしいという感じだからだ。

まずそっちのほうから調べてみることにした。

浜田が〝あざみ荘〟に泊まったのは九月二十日からだというから、まずその前後からの各ホテルの泊まり客を調べてみなければならない。

とはいえ、これは簡単な作業ではなかった。一軒一軒ホテルを訪ねまわって、フロントに調べてもらうだけでも大変だ。だいいち、宿泊人の名前などホテル側では外部には見せないものだ。それをなんとか理由をつけて知らせてもらうというのだから、容易なことではない。

梅木は、まずいちばん近いGホテルに行くことにした。〝あざみ荘〟から歩いて十分ばかりのところだが、峨々《がが》たる山上に聳《そび》えている。そこに行くまでにはジグザグに曲がっている国道を歩くことになるが、途中には、浜田弘の死体が出た現場もある。

彼は宿を出るとき、女中にその地点を教えられた。

新聞記事に出ていたとおり、そこは国道から六メートルばかり離れた茂みの中で、すぐ上が木に蔽《おお》われた断崖になっていた。昨日の検証の跡が、棒切れや縄の切れ端になって地上に散っている。雑草が伸びているうえに灌木《かんぼく》の茂みが深いので、この中に死体を転がしても、ちょっと眼につくまい。だから十日以上も発見されなかったのだろう。

梅木は茂みの中にはいってみたが、一部分草がなぎ倒されて人が寝たような跡がある。たぶん、死体が転がっていた跡だと思える。

尾行したり、アパートから呼びだしたりしたことのある浜田の顔が浮かんでくる。梅木は、手を合わせて草に祈った。

梅木は斜面の近道を登ってGホテルの横に這《は》いあがった。一息入れて下を見ると〝あざみ荘〟はずっと下のほうに沈みこんで、樹林の中にわずか屋根だけが見えていた。

梅木はホテルのフロントの前に立った。

「私は興信所の者ですが。」

と、彼は色の白い事務員に言った。

「こちらに平井という婦人が、先月の二十日ごろから今月の二日ごろまで、泊まっていませんでしたか?」

「さあ。」

当然のことに、事務員は胡散《うさん》げに彼を見る。興信所と名乗っても名刺を出すわけではなし、客も平井だけでは、わかりようがないはずだった。はたして事務員は突慳貪《つっけんどん》に梅木を突っぱなした。

「それでは、」

と、梅木は粘ってみた。

「こちらに山辺菊子さんか、楠尾英通さんかが泊まっていませんか？」

これにも反応がなかった。結局、彼は追いだされるような格好でホテルを出た。

弱ったことになった。どうしたものか。――

この調子だと、どこのホテルにいっても相手にされないに違いない。

これが新聞社の肩書でもあれば、聞きだせるかもしれないのだが、なんにも持たない身の哀れさは、全然行く手を塞《ふさ》がれている。

国道に戻ると、眼の前をハイヤーが疾走しているが、ゴルフ道具を積んでいるのが眼につく。梅木とはまったく別な世界の生活者が、ここにはうようよしていた。ホテルでもそんな客ばかりだったたし、近くを歩いている人も、彼とは階級の違う人種が多い。

ぼんやり立っていると、後ろの道をそういう身装《みなり》の人たちが二三人で通りすぎた。

「今夜はあたくしのほうでパーティをしますから、ぜひいらしていただけません？」

と、これは気取った女の声だ。

「結構ですな。ぜひ寄せていただきます。」

と、これは男の声。

「何時から始まるんですか？」

「だいたいみなさん、六時半ごろからいらっしゃることになっています。……でも、うちの別荘は道から少し引っこんでいるので、夜は足もとが悪くてお気の毒ですわ。」

「いや、平気ですよ。そりゃ、ぜひ伺わせていただきます。」

別荘か。――

大したものだと思った。自分の一生にはとても夢のようなことだ、と思ったとき、彼にはっと気づくものがあった。

そうだ、別荘がある。

山辺菊子も、楠尾英通も、少し落目のようだが、かつては、上流階級でぱりぱりやっていた連中だ。もしかすると、昔の別荘ぐらいは持ちこたえているかもしれない。とかく、ああいう連中は、見栄《みえ》を張りたがるものだ。

そう考えると、浜田弘が身装《みなり》をととのえて〝あざみ荘〟を出かけたことがなおさら納得できる。また、バスに乗らなかったことも、そこがバス道からはずれた場所かもしれないのだ。とかく、静かな別荘はそういう地帯にあるものである。

梅木は、今度は別荘の調査を思いたったが、ここでちょっと当惑した。

調べる方法だ。観光案内所はあるが、そんなところではホテル、旅館のことはわかっても、箱根じゅうの別荘までは知識があるまい。

箱根は神奈川県だから、横浜にある県庁に行って土木課か何かにきけばわかると思うが、今はそんな気持の余裕も時間もなかった。

梅木はそんなことを思案しながら坂道を降りかけた。

この斜面から見ると、真向かいに明星《みようじよう》ケ岳《がたけ》がある。その連山の北裾の流れ落ちたところが仙石原《せんごくばら》だ。

箱根の道は宮の下から二つに分かれ、一つはいま梅木隆介が上ってきた位置から小涌谷《こわくだに》を経て、元箱根に行く一級国道だが、もう一つはこの宮の下を早川に沿って仙石原にいたるいわゆる箱根裏街道である。これは底倉《そこくら》、木賀《きが》、宮城野《みやぎの》を経て仙石原に行き、ゴルフ場の横から湖尻にいたっている。眺めると、そういった山の展望の中に人家の屋根が点々と山林に沈んでいる。ホテルだと、近代的な白い建物が誇らしげにむき出ているが、別荘は、ひっそりとしたところにかくれている。

梅木はバスの停留所までくだった。このあたりは両側に旅館、土産物屋、茶店などがならんでいる。

そのなかに駐在所のあるのが眼についた。

「こちらで、箱根じゅうの別荘の持主がわかるでしょうか?」

と、梅木は若い巡査にきいた。

「箱根じゅうですって?」

と、巡査が首をひねって、

「さあ、そいつはどうでしょうかね。受持区域だけのことならたいていわかりますが。」

「受持区域というと、どのあたりになるでしょうか。」

巡査は壁にかかった大きな地図のほうに歩みより、指で境界線を示した。それは芦ノ湖畔の姥子《うばこ》温泉までが境目で、それから南のほう、つまり、元箱根《もとはこね》一帯は別になっていた。

「この区域だけでも結構ですが。……持主は、山辺菊子さんと、楠尾英通さんですが。」

巡査は、横にある書類棚から綴込《とじこ》みを引っぱりだした。それをひろげてしばらく見ていたが、

「山辺菊子さん、というのはありませんね。」

と、眼を落としたまま言った。

「ははあ、すると楠尾さんはどうでしょうか？　この方は元華族なんですが……。」

「楠尾さんねえ。」

巡査は綴込みの上に当てた指を動かしていたが、

「あ、ありましたよ。」

と言った。

やはりきいてよかったと思う。梅木はさっそく手帳を出した。

「それはですな。姥子温泉の近くですよ。」

「ははあ。」

「ここです。」

巡査は壁の地図に戻って、指で示した。

「番地からすると、だいたいこの辺になるでしょうな。」

姥子温泉は小涌谷を芦ノ湖のほうにくだる途中にある。

4

梅木は停留所からバスに乗ったが、ちょっと予想が狂った感じだった。

姥子温泉はもちろんバスの通り道だ。大涌谷を通って湖畔に出たうえ、元箱根に行く路線に当たる。

宿を出た浜田弘は、バス停留所とは反対のほうに歩いていったという女中の話があるから、バスの行かない場所だと思っていたが、ここで、まず、見当が違った。だがとにかく、この箱根の中に浜田弘の関連者が一人いたことは心強かった。

バスが大涌谷の峠を登りきると、下《くだ》りはしばらく山間《やまあい》となる。この地点で、あと芦ノ湖まで十分以内というところに姥子温泉前の停留所がある。

温泉まではちょっと歩かねばならない。入口には、この温泉が眼疾に効《き》くという案内板が出ている。駐在所で番地をきいたが、このようなへんぴなところでは、別荘そのものを尋ねたほうが早わかりだ。

姥子温泉は箱根の諸温泉中、鄙《ひな》びている一つだ。旅館数も少なく、古いままの家だった。旅館の法被《はっぴ》を着た男が箒《ほうき》で落葉を掃《は》いていた。

「楠尾さんの別荘なら、つい、この道をはいったところですよ。」

教えられたのは、その旅館の前を通って右側に行く方角だった。そこは樹木がいっそう茂っていて、その下を心細げな径《こみち》が一本のびている。林はもう紅葉であった。

梅木がその道を進むうちに、林の奥にかくれたような古びた屋根が現われた。それがしだいに家の全貌を見せてきたが、ひどく古風な別荘であった。

形ばかりの門があるが、風雨にさらされて黒くなった標札には、〝楠尾寓《ぐう》〟としてある。その辺一帯は落葉が道に散りたまり、手入れの回らないままに荒れ果てた感じだった。人影は見えない。

その家の中には楠尾英通がいるのだろうか？　しかし、この前訪れたときの彼の態度を思いだすと、すぐに正面から声をかけることはできなかった。

梅木が迷いながらその辺を歩きまわっていると、ふと一人の女が中から出てくるのを見た。それが山辺菊子と知ったとき、彼はとっさに木の後ろに隠れた。

ある攻撃

1

梅木は、木陰から山辺菊子の姿をうかがった。彼女はさっさと径《こみち》を歩いている。

この前会ったときと違って彼女は屈託《くったく》ありげな顔つきである。年齢《とし》のわりに背が高く、姿勢のいい女だった。だが今日は疲れたように背をかがめて大儀そうな歩き方をしている。

梅木は、この別荘の主人、楠尾英通が家の中からすぐに現われるかと思っていたが、それはなかった。しかし山辺夫人がこうして訪れている以上、主《あるじ》はここに来ているにちがいない。

梅木は迷った。このままここに残って、楠尾英通の様子をうかがうか、それとも菊子のあとを尾《つ》けていくかだ。

しかし、楠尾の別荘を突きとめた以上、ここにはいつでもやってこられる。しかし、菊子はどこにいるかわからない。彼は菊子の追跡のほうを取ることにした。

彼は相当な距離をおいて菊子のあとから歩いた。一本道だから、先方が振りかえると、すぐにこちらの姿が眼につく。せめて顔だけはわからないようにかなり距離をとった。

菊子はどこにいるのだろうか。いま楠尾の別荘から出たところをみると、二人の間には、この箱根で連絡があるらしい。ちらりと見た彼女の表情に、いささか憂《うれ》いげなものがあったのは、浜田弘殺しの事件に関係があるからだろうか。菊子は、そのことで楠尾英通に相談にいった帰りかもしれない。

梅木は、煙草をふかし、絶えず煙を顔の前で吐きながら、この辺の行楽客のような態度で菊子を追った。菊子は姥子温泉の旅館の前に出て、そのまま国道のほうへ向かっていく。彼女は、この姥子には泊まっていないのだ。

菊子の服装はかなりよそ行きの格好だ。楠尾を訪問のために住居《すまい》で着替えたのか、それともあの服装は東京から着てきたものか、ちょっと見当がつかなかった。

菊子は国道に出た。車は最初から持ってきていないらしい。では、バスに乗るのかと思っていると、そうではなく、その道を右側に取って緩《ゆる》い勾配《こうばい》をのぼりはじめた。

国道ではさすがに人通りが多いので、尾行はずっと楽になった。絶えず乗用車や観光バスが疾駆《しっく》していく。

相手が車に乗らないのは助かった。もし、車で行かれると、梅木もあとの尾《つ》けようがないのだ。東京と違って、流しのタクシーが絶えず通っているというような便利な場所ではない。

菊子と楠尾英通とがここで交際していることは、梅木にそれほど意外ではなかった。どちらも旧貴族だ。彼らは、このような世の中になっても、互いに郷愁的な気持でつき合っているのだろう。梅木の脳裏《のうり》には、いつぞや新聞写真で見た〝あの女〟の顔が灼《や》きついている。豪華な会合の雰囲気こそ、このような階級の人たちの最も好ましいものではなかろうか。〝あの女〟もその世界の一人だという確信が、梅木にいよいよ強くなってきた。

国道をしばらく歩いてから、山辺菊子が車に乗らなかった理由が梅木にわかった。この道から二百メートルも行かないうちに、左の斜面の上にかなり大きなホテルが建っている。梅木は久しぶりに箱根に来たのだが、いつのまにか、さまざまなホテルや旅館が建っているのにおどろいた。この丘の上のホテルもその一つだ。前に来たときは樹林だったが、今は、その林を切りひらき、路をつけ、白亜の建物が忽然《こつぜん》と出現している。山辺菊子は、そのホテルへの路をのぼりだしたのである。彼女は一度も後ろを振りかえらない。心が思索で占められているようだった。

彼は、菊子の後ろから歩いた。彼女の姿は、きれいな玄関に吸いこまれていく。この辺まで来ると、ホテルに出入りする客も多いので、梅木は気軽く彼女のあとから内にはいった。

玄関のすぐ右側がグリルになっていて、一般の客もここで食事をとるらしいから、宿泊人でない者がふらりとやってきても、フロントやボーイに妙に思われることはなかった。見ると山辺菊子はフロントから鍵《キー》を受けとって、緋絨毯《ひじゆうたん》を敷いた広い階段を上がっていく。彼も少し間隔をおいて従った。このホテルは四階建になっているが、エレベーターを利用しないところをみると、二階が彼女の部屋らしい。

山辺菊子は廊下を歩いて奥に進む。ちょうど、まん中あたりのところに立ちどまると、彼女はキーをドアにさしこんで回していた。

ドアが開き、彼女は部屋にはいる。梅木は飛鳥《ひちよう》のようにその前に進んだ。まさにドアが締められる寸前に、彼の片足はその隙間にさしこまれていた。

「あ。」

と、山辺菊子は眼をむいた。彼女が思わず自分の口を片手で蔽《おお》ったのは外国人の習慣で、彼女がかつて外交官夫人として外国に長くいたことが察しられる。

「失礼します。」

と、梅木はいち早く言った。

「奥さま、先日お宅に伺った梅木という者です。少しお話をしたいのですが。」

「まあ、失礼じゃありませんか。」

と、山辺菊子はけわしく眉を上げた。小皺《こじわ》の上にこってりと厚い白粉《おしろい》が乗っている。

「どうして、こんなことをなさるの？」

と、ようやく驚愕《きょうがく》から立ちなおった彼女は、ドアのあいだに突っこまれている梅木の片足を見おろして非難した。

「普通にご面会を申しこんでも、奥さまに断わられると思ったからです。」

「それだったら、なおさらのことですわ。帰ってください。」

「ぜひ、お話がしたいのです。」

と、梅木は主張した。

「失礼じゃありませんか。」

山辺菊子は睨んでいる。

「理不尽なことをなさると、ホテルの者を呼びますよ。」

「決して乱暴なことはいたしません。伺いにきたのは、私の友人の浜田のことですから。」

梅木がじっと見つめると、山辺菊子の眼が瞬間うろたえたように動揺した。

「浜田弘は、この箱根で殺されました。」

と、梅木は勝手に言った。

「新聞にも出ていたから、奥さまもご承知でしょう？」

「…………」

「ほんの十分間で結構です。ぼくの質問にお答えくださらなかったら、それでも結構です。」

「十分間ですね？」

と、彼女はやっと諦めたように念を押した。

「そうです。」

「ここではお話ができませんか？」

「そうしたいと思いますが、このような立ち話ではほかの人たちに目立ちます。話し声も近所に聞こえると思います。」

「おはいりください。」

と、山辺菊子は諦めたようにドアを開いた。

二間つづきの部屋で、寝室は別になっている。山辺菊子は、窓ぎわの応接セットに梅木をすわらせた。陽が明かるく窓から射してテーブルを温めている。

「お茶はお出しいたしませんよ。」

と、山辺菊子は硬《かた》い表情で言った。客の扱いをしないと宣言したのだ。

「結構です。」

梅木は、椅子にきちんと膝《ひざ》を揃えて言った。

「わたくしに何をおききになりたいのですか？」

山辺菊子も正面きった口ぶりだった。

「私の友人の浜田という男が奥さまのお知りあいの女性と交際していました。その女性についておききしたいのです。あのレセプションに出席していたひとです。」

「あら、そんなレセプションなんか、知らない人がいくらでも出ていましてよ。」

と、山辺菊子は眼の縁に小皺を寄せて、わざとらしくほほえんだ。

「それは、この前も申しあげたとおりですわ。」

「聞きましたが、奥さまは嘘をついていらっしゃる。」

「おもしろいことをおっしゃるわね。」

「はぐらかさないでください。ぼくは友人の行方を一生懸命に捜していましたが、ある不安は持っていたのです。今度、その不安が不幸にも当たって、浜田は何者かに絞殺されて死体となって出ました。しかも、この箱根の中でです。ところで、ぼくは、奥さまのお知りあいの女性がやはり浜田の死の直前にいっしょに居たような気がしてならないのです。」

「それは、あなたの当推量《あてすいりよう》ですわ。」

「そうかもしれません。だが、ぼくのこの推測には、真実性においてかなりな自信があるのです。……奥さまにご迷惑は決してかけません。また、そのことによって奥さまの他のお知りあいの方にご迷惑が及ぶということも決してないのです。ぼくはただ、友人が殺されたことについて、できるだけ犯人を捜してみたいのです。」

「警察官におなりになったらよろしかったわ。」

「警察の刑事では、こんなに愛情を持って捜しはしません。」

「あなたが友だちの方に愛情をもって、犯人の追及をなさるのは勝手ですわ。」

と、山辺菊子は言った。

「でも、それはわたくしに関係のないことです。」

「あなたが今度の殺人事件に関係があるとは申していません。ぼくは、浜田が最後までいっしょにいたと思われる女の人を捜しているんです。その女の人をあなたは知っていらっしゃる。」

「レセプションのことからですか？」

「そうです。」

「とんでもない言いがかりですわ。幼稚なお考えですこと。」

梅木は、失礼、と言って煙草を取りだし、ライターを鳴らした。煙が日向《ひなた》の光線の中に舞いあがる。梅木の野性的な顎《あご》が、窓から射す光の中に浮いていた。うすく不精髭が生えている。濃い眉の下の眼は、菊子をまっすぐに見て光っていた。

「そこでねばっていらしても、迷惑ですわ。」

と、菊子は言った。

「どうぞお引きとりください。」

「帰らなければホテルの者を呼ぶとおっしゃるわけですね？」

梅木は片頬に微笑を浮かべた。

「そうです。」

「では帰ります。最後にちょっとおききしたいのですが、あなたは楠尾英通さんのところに、しょっちゅういらっしゃるんですか？」

「あ。」

と、山辺菊子は眼をみはった。

「あなたは、わたくしを尾行《つけ》てきたんですね？」

「そうです。でなかったら、あなたがこのホテルにいらっしゃるのを知るわけがありません。」

「卑劣です。」

菊子は、その広い額に怒りの青筋を浮かせた。

「帰ってください。もう我慢がなりません。」

梅木は、椅子から立ちあがった。が、彼はそのまま動かないで山辺菊子を見おろした。菊子も憎しみをこめた眼で彼を見上げている。二人の眼が、瞬間、そこで合った。梅木の視線は攻撃的になっていた。

菊子は、ふくよかな頬を窓ぎわの偏光に浮きあがらせている。彼女の皮膚は、絹のように密度があった。

不思議なことに、凝視《ぎようし》の途中から突然、思いも寄らない衝動が梅木に突きあげてきた。この年齢《とし》の女にかつて覚えたことのない情欲だ。菊子はまだ憎しみの眼を梅木の顔から放さない。その細い顎《あご》の下に白い咽喉《のど》があった。高価な着物につつまれた胸のふくらみが、彼の眼にさらされていた。うすい銀髪が彼女の硬《かた》い髪にまじっている。

梅木は、菊子の傍らに近づいた。彼女の顔が、恐怖で歪《ゆが》む前に、梅木は、彼女の身体に自分の上半身を倒していた。その首筋を抱えこむと、あっけにとられて無防備になっている女の唇に自分の唇をおしつけた。

「何をなさるんです？」

と、菊子は男の唇が離れてからあえいで言った。恐怖の眼は、複雑な感情が移入されて混乱していた。

「奥さん。」

と、梅木は、その菊子の指を握ったままひざまずいた。

「奥さんのような身分の高い女性は、ぼくらの憧《あこが》れです。」

と、彼は言った。

「ぼくは地方の百姓の子です。これまで、いわゆる上流階級の人にはいつも卑屈感を持って育った人間です。非常な憧憬《あこがれ》が奥さんのような方にあるのです。」

梅木は、西洋の芝居でするように、長い膝《ひざ》を折ったまま、しなやかだが、さすがに骨ばった菊子の手の上に、自分の頬をこすりつけた。

菊子は絶句している。

見上げると、彼女の肩は激しく上下に揺らいでいた。

「この前、お宅に伺ったときから、奥さんに惹《ひ》かれていたんです。若いくせにと思われるかわかりませんが、上流階級に憧れているぼくの気持が、奥さんへの愛情に向かったのだと思います。」

言いながら、梅木は膝を起こした。菊子の白い顔が少女のように真っ赤になっていた。

梅木はそれを見ると、このような階級の女が子供のように素直であることを発見した。

彼はいきなり菊子の身体を抱えて椅子から離れた。

「何をなさるんです？」

と、彼女はあえいだが、同じ言葉しか言えない芸のなさが、菊子の激動と狼狽《ろうばい》とを語っていた。このような経験は、おそらく彼女は初めてであろう。

夫に死別して十年近くも経っている初老の女が、まるで処女のように戦慄《せんりつ》しているのだった。

梅木は、彼女を小脇に抱えて……と言っても、大柄な女だから、彼の自由にするにはかなり扱いかねる作業だった。が、菊子はたわいなく彼にひきずられて隣室のベッドへ従った。女を抱えたまま梅木は足でドアを蹴った。

ブラインドを降ろしたうす暗い中にベッドが二つ白く浮かんでいた。むろん、菊子はその一つしか使用していないのだが、梅木隆介は女をそこまでひきずってきた。

さすがに菊子はそこでもがいた。が、彼女の姿勢はすでに安定を失った。梅木は、抱えこんだ彼女の上半身を、まるで物をほうるように突き放した。

菊子は、カバーのかかっているベッドをへこまして倒れた。上から見ると、細い顎《あご》と、咽喉《のど》が仄《ほの》白く仰向いている。女は急いで起きあがりかけた。

梅木は、女の両肩を上から押さえた。女の背中が、ふたたびベッドに密着した。

奇妙なことだが、菊子の白髪を見ているうちに梅木は、いつぞや眺めた江戸枕絵の一枚を思いだした。それは、大奥の老女と寺院の小姓との戯《たわむ》れる場面で、黒々とした髪の若い女よりも、その老女の白髪に彼は異常な興奮を覚えたものだった。

梅木は菊子の肩を押さえつけたまま、自分の胸を彼女の上におしつづけた。

菊子は顔を反《そ》らして首を振っているが、ちょうど、子供がいやいやをするような振り方だった。子供という形容が、この上流階級で生活してきた女に、まさに適切のようで、老女とはいえ、感覚では童女であった。

「奥さん。」

と、梅木は冷静な気持でうわずった声を出した。

「奥さんが好きです。」

その声に菊子の首振りが突然やんだ。彼女は充血した顔で、すぐ自分の上にある梅木をじっと見た。きらきら光っている眼がそこにあった。

「あなたは、みゆきさんをどうして追っかけているのです?」

菊子は下からふいと呟《つぶや》くように言った。

「みゆき?」

梅木は、彼女の顔を見つめた。女のその呟《つぶや》きは、恍惚《こうこつ》状態にあるとき、あの無意識に口走る艶語に似ていた。

すると、菊子は夢からさめたようにはっとなった。

「みゆきさんというのは、あの女《ひと》の名前ですか?」

菊子の顔に後悔がみなぎっていた。その眉の間に皺《しわ》がはいり、唇が堅く結ばれている。もはや、それはどのような力でもこじあけることのできない口の表情だった。

突然、梅木はそのまま部屋を出た。

2

梅木は、階段を降りてフロントの前に通りかかった。今の出来事が、まるで白昼の幻のように思える。ただ、現実として脳裏に残っているのは、みゆきという名前だった。

ふと見ると、フロントの横に小さな掲示が出ている。

《メイドさんを募集します》

梅木の足がそこで停まった。

「ちょっと伺いますが、」

と、彼は事務員にきいた。

「メイドの募集が出ているが、何歳ぐらいでしょうか？」

背の高い事務員が微笑して、

「十七八歳から二十二三歳までです。」

真弓は二十一歳だ。

「心当たりの人がいるんですが、採用していただけますか？　東京の人間です。」

「ホテルの経験者ですか？」

「いや、素人ですが、ホテルで働きたいと言っていますので。経験がなくてはだめでしょうか？」

「いいえ、結構です。いま、東京でお勤めですか？」

「いいえ、べつに勤めてはいませんが、ここはもちろん住みこみでしょうね？」

「そうです。」

「十二月を過ぎると、春まで箱根のホテルはシーズンオフになると聞いていますが……。」

「いや、わたしのほうはそういうことはありませんから。」

梅木は、事務員から給料やその他の待遇条件を聞いた。

「メイドというのは、食堂の係りですか、それとも客室の係りでしょうか？　じつは、本人は食堂よりも客室のほうを希望すると思いますが。」

「それは面接のあとで決定するわけですが、そういう希望でしたら、なるべくそのように計らいます。」

「ときに、山辺菊子さんは、このホテルに当分滞在でしょうか？」

「山辺さま？　さようでございますね、今のところ来月の半ばまでということになっております。」

「ありがとう。」

梅木は、フロントを離れて玄関に出た。青く晴れあがった初秋の空の下に、箱根の山林がさまざまな山襞《やまひだ》を埋めて重なっている。その間に、白い建物や赤い屋根などが小さく点在していた。姥子温泉は、ここからは見えない。

梅木は、その姥子にいる楠尾英通と菊子との間に往来があると睨《にら》んでいる。

山辺菊子は来月半ばまで滞在の予定だとホテルは言っていたから、おそらく、楠尾英通もそのころまでは別荘にいるに違いない。梅木が考えたのは、この両人《ふたり》の様子を真弓に探らせることだった。彼は勤めがあるので、ここにしじゅう来ることもできないし、それだけの余裕もない。

真弓をホテルの客室係にさせれば、菊子の動静も手に取るようにわかるだろうし、経済的にもいくらかの収入になるので、彼の負担がなくてすむ。

ウェイトレスをしている真弓にとってホテルのメイドという仕事は、それほどかわった仕事ではないだろう。かりに、休みがとれなかったら、今の店をやめても、彼女なら勤める店はいくらもある。彼はメイド募集の掲示を見たとき、これだけのことを考えついたのだった。

3

「いやだわ、ホテルのメイドなんて。」

と、真弓は嫌《いや》がった。

「頼むよ。ぼくの一世一代《いっせいちだい》のお願いだ。」

と、梅木は彼女の手を取って言った。

いつも来る旅館の一室だった。真弓はしばらくぶりに彼の愛情を得て、けだるい恍惚《こうこつ》の中に浸っていた。

「まあ、大げさな言い方ね。」

と、彼女は言った。

「いや、ほんとうだ。……そうむずかしい仕事ではない。ただ、君が、その女の様子をずっと見ていればいいんだからね。……それに気候はいいし、一カ月ばかり箱根に静養に行ったつもりでいてくれ。」

「お店のほうはどうするの？」

「そうだな……郷里のおふくろさんが病気になったから、とでも言っとくんだ。その看病に帰ると言えば、休暇ぐらいはくれるだろう？」

「そりゃそうだけど……でも、そんなホテルで、知っている人に見られたら困るわ。」

そんなことを言う真弓は、すでに男の要求を容《い》れたようなものだった。

「大丈夫だよ。ホテルにはいる客は、メイドの顔なんかあまり見ないものだからね。姿が変わっていれば、気づかれることはないよ。」

「そうかしら……あなたは、その間に会いにきてくれるの？」

「むろん、君から話を聞きたいから出かけていくよ。だが、それも日曜日ごとになるからね。急な連絡のときは、手紙で書いてよこしてくれ。」

「なんだか、女スパイみたいね。」

「そんな陰険なものじゃない。おれの友だちが殺されて、その犯人を突きとめようというのだ。だから、君は正義の味方なんだよ。」

「具体的にはどうしたらいいの?」

「ありがたい。」

と、梅木は真弓の首を抱いた。熱烈に、その顔に口づけをしておいて、

「その女はね、ホテルの……」

と、詳細な計画を彼女に教えはじめた。

彼女は聞きおわって、

「うまくわたしにやれるかしら?」

と、危ぶむような顔になっている。

「大丈夫だ。それに、君がなるべくその二階の係りにでもなってくれたら、こんな好都合はないんだがな。」

と、梅木は鼻から煙を出した。

真弓を説得してようやく承知させたが、いったい、警察のほうの捜査は、どうなっているのだろう?

近ごろは新聞にも、浜田殺しの事件のことは一行も載らなくなった。事件が発生した当時は、かなりセンセーショナルに報道されていたが、それがしだいに小さな記事になり、最近は一行も出ていない。

ということは、依然として捜査が昏迷《こんめい》していることであろう。もしかすると、迷宮入りになるかもしれない。

ただ、捜査本部が、事件の発生地の関係上、神奈川県警によって小田原署に置かれているので、東京の新聞が詳しい報道をしないということもある。しかし、犯人が挙《あ》がれば、当然、東京の新聞にも載る。それがないのは彼の想像どおりだと思っている。

捜査本部に宛て問合わせの手紙を出すのも変なものだし、梅木隆介は、浜田の女房のところに行けばわかるだろうと気がついた。

例によって会社が退《ひ》けると、東大久保のアパートに行った。

見おぼえのドアの前に立つと、知らない若い女が顔を突きだした。

「浜田さんなら、部屋を出ていかれましたよ。」

と、彼女は無愛想に言った。

「ほう。いつごろですか?」

やっぱり引っ越している。夫に死なれて困っている状態が想像できた。

「一週間ぐらい前ですよ。わたしたちは、そのあとにすぐ越してきましたからね。」

若夫婦らしい。

「どこに行かれたかわかりませんか?」

それは管理人にきいてくれ、と言って女は梅木を胡散《うさん》げに見てドアを締めた。

「さあ、行く先はなんともおっしゃいませんでしたよ。」

というのが管理人の答えだった。

「ご主人が亡くなられてから、身寄りのところに行くとおっしゃって越されましたがね。行く先ははっきり聞いていません。」

「しかし、手紙やその他の連絡があると困るでしょう?」

と、これは警察から来たときのことを暗に言った。

「大したものはこないから大丈夫だ、と言っておられました。ほんとうに、あの奥さんも気の毒ですね。」

「越す前に、刑事や何かいろいろ来たでしょうね?」

「いいえ、そうたびたび来るというほどでもありませんでしたよ。遺体を引取りに行って、向こうで骨にして帰ってこられたんですがね。そのとき一度っきり、小田原のほうの刑事さんが来ましたが、それだけでした。」

殺人事件ともなったら、もっと、警察官が熱心に来るのかと想像したが、そうではなかった。だから、女房は行く先もはっきりさせないで出ていったのであろう。

「なんとかわかりませんか? たとえば、運送屋なんかできくとわからないですかね?」

それはトラックが来たようだから、きかれたらわかるでしょう、と言ったが、管理人は出ていった人間に冷淡だった。

梅木隆介は、ひとまず運送屋を当たってみたが、いずれも知らないという。だが彼も、浜田の女房のあとを追うのは、それほど気が乗らなかった。刑事が一度だけ彼女を訪ねてきたと聞いただけで充分だ。事件は迷宮入りの公算が大きいのかもしれぬ。

真弓から第一回の手紙が来たのは、彼女が箱根のホテルに移ってから五日めだった。手紙には、慣れない仕事だから心細い。早く東京に帰りたいなどと書いてあって、肝心の要件については、

〝山辺菊子という奥さんは、まだホテルに滞在しているわ。すごく威張っている女なのね。そのくせ、係りの者にはろくにチップをやらないというミミッチさで、万事ケチン坊だという悪評をとっているわ。ただ気位だけは特別高いようよ。

彼女には、ほとんど訪問客がないの。昼ごろになると、どこかに出ていきます。夕方早く帰ることもあれば、夜遅く戻ることもあるし、車はほとんどホテルには呼ばせないで、自分で歩いて出掛けてるわ。わたしは交換台の人と仲良くなったので、それとなくきいてみたけれど、山辺菊子は全然電話をかけないそうよ。これでは、探偵のしようがないと思うけど、とりあえず、これだけを報告するわ。

こんな状態があと一カ月近くもつづけばうんざりするわ。早く、こっちに来てね。〟

とあった。

真弓《まゆみ》の手紙

1

三日ほどして、藤村真弓から二度めの手紙が来た。梅木はそれを会社で読んだ。

〝その後、平凡だわ。探偵さんもすっかり開店休業というところよ。その代わり、メイドの教育のほうは詰めこまれているの。こんな山の中のホテルだけど、ずいぶん人生の縮図がわかって勉強になるわ。でも、こんな豪華なホテルに泊まりにくる客はみんな金持ばかり。その人たちの裏側がよくわかるの。英語、だいぶん上手になったわ。外人さんが多いから、わたしの弱い英語も少しは磨《みが》きがかかってきたわ。

ところで、頼まれた山辺菊子さんの動静だけど、あのおばさん、とってもお洒落《しゃれ》なのよ。いつもいい着物を着て、きちんとお化粧してすましているわ。相変わらず、電話はどこにも掛けてはいないようよ。外出も多いから、よその別荘回りでもしているんじゃないかしら。言葉だけはとてもていねいだけど、はじめからわたしたちを人間視していないのね。いいところに生まれた人は、根っからの利己主義者だとわかるわ。今度の日曜日あたり、あんた、こっちに来られない？　そのとき、小型カメラでも持ってきてくれたら助かるわ。万一の場合、あんたのお役に立つかもしれないもの。真弓〟

梅木は、この手紙を明かるい窓にかざすようにして読んだ。隣りの同僚が、

「おい、いやにご機嫌がいいじゃないか。ラブレターでも来たのかい？」

と、声をかけた。

「君、小型カメラというのはどのくらいするかな？」

梅木は手紙を畳んでポケットに入れた。真弓の言うとおり、撮影できれば証拠に取っておくこともできる。

「さあ、五六千円出せばあるんじゃないかな。」

梅木隆介は、すぐに会計へ行った。

「すみません、ちょっと前借りしたいんですが。」

会計の男はよく肥えた四十男で、頭が禿《は》げあがっている。前借りと聞くといやな顔をした。

「いくら要《い》るんですか。」

「二万円です。」

会計係は帳簿を取りだして、梅木のこれまでの借金分を見ていたが、

「この二万円で、君の分はもういっぱいですよ。あと半年はだめですね。」

と、念を押した。退職金引当ての前借りだから、給料とボーナスで引かれるしくみになっている。

「じゃ、半年先にまた借りにきますよ。」

梅木は、もらった五千円札四枚を内ポケットの奥に捻《ね》じこんで席に戻った。

2

日曜日の朝早く、梅木は東京を発《た》って小田急で箱根に向かった。真弓の働いているホテルへついたのは十一時を過ぎていた。

彼は、ホテルの通用口で、通りかかったボーイに真弓を呼んでもらうように頼んだ。

十分ばかりすると、その真弓がメイドの服装でやってきた。

「あら、とうとう来てくれたのね。」

と、真弓は梅木を見てうれしそうにした。

「いま、時間があるかい？」

梅木は真弓のメイド姿を、ちょっと新鮮な気持で眺めた。

「ええ、そう言ってお暇をもらってくるわ。」

梅木はホテルから離れた木立の中で待っていると、あとから真弓が駆けてきた。

「手紙ありがとう。」

梅木は真弓に礼を言った。

「あまり、お役に立ちそうにないわね。手紙にも書いたとおり、全然、あなたの言う女性は現われないわよ。」

真弓は踵《かかと》の低い靴で草を踏みながら、

「あなたに言いつかったとおり、山辺菊子さんをずっと見つづけているんだけど、あの人のところにもその女《ひと》はこないわ。」

と報告した。

「例の老人の楠尾英通さんはどうだい？」

「それも、一度も見たことがないわ。ここんとこ、ずっと山辺さんは、ホテルでは誰とも会っていないの。」

「君は、山辺さんの部屋の係りをしているのかい？」

「ううん。そこまではまだできないわ。見習い期間中だから、お掃除とお茶運びだけよ。そのお茶も、うまく山辺さんの部屋に運べるといいんだけど、わたしはまだ一度もその番に当たらないわ。」

「飯はどうしているんだ?」

「几帳面《きちょうめん》に食堂に出ていってとっているらしいわ。外出のときは、出先で食べているんでしょう。」

「あれから、ずいぶんになるな。」

「そうよ。わたしが来てからも、もう一週間になるわ。」

一週間の間、なんの変化もないというのは考えられなかった。

梅木は、絶えず新聞面を気をつけていた。だが箱根の浜田殺し事件は、あれからさっぱり報道がない。記事が出ないというのは事件が解決しないためだ。新聞は、よほど大きな事件でないと、その後の経過をいちいち報道することはない。

むろん、新聞に記事が出ないからといって、警察が遊んでいるわけではなかろう。捜査は綿密に行なわれているに違いない。してみると、もし山辺菊子や楠尾英通が少しでもあの事件に関係があれば、警察の厳《きび》しい眼が光っているので、彼らは、かえって変な動きができないでいるのではなかろうか。そのため、山辺菊子の生活が平凡になっているということも考えられる。だから、山辺菊子がホテルで平凡な毎日をくりかえしていることは、かえって彼女が怪しいという考えも成り立つのである。

梅木は、持ってきたカメラを真弓に渡した。

「あら、新しいじゃない?」

真弓は掌《て》の上に載せて見ていた。

「うむ。無理をして前借りして買ったのさ。」

「あら、それなら何も、買わなくてもよかったのに。」

「だが、君の言うとおり、これがあるとずっと効果が違うからね……撮《と》り方を教えような。」

梅木が真弓に教えていると、横の道を咳《せき》ばらいをしながら人が通った。

「もう少し向こうに行こうか。」

両人《ふたり》はもっと深い木立の中にはいった。ホテルの建物が後ろの木の間に一部見えている。

「もし、これはと思う人物が現われたら、どこからでもいいからすぐに撮ってくれ。そのために、少し重いがポケットにでも入れておくんだな。」

梅木は教えた。

「ポケットは重くて邪魔になるわ。やっぱり、すぐにいつでも間に合うようにハンドバッグの中に入れておくわ。現像はどうしたらいいの?」

「フィルムのまま速達にして送ってくれたら、東京で焼くよ。」

「ねえ、いつまでわたしをこんな山の中に置いておくの。お店のほうも気になるし。」

「まあ、もう少し辛抱しろよ。」

「二三日前だったけれど、よくお店にくる、おなじみの人が下のレストランで食事をしているのを見たときは、心臓が止まりそうだったわ。こんなところに働いているのを見られたら、大変じゃないの。噂になってしまうわ。マスターには田舎にかえったことになっているんですもの。」

「まあ、そう心配したものでもないよ。」

彼はそう言うなり真弓の肩を摑《つか》んで、いきなり引きよせた。

葉を透《す》かして光線が洩《も》れている。それが、そのまま斑《ふ》になって、眼を閉じた彼女の顔に落ちていた。二人は唇がしびれるくらい接吻をつづけていた。

「これで当分落ちつくだろう？」

梅木が真弓の顔に笑った。

「いやね。うまいこと言うのね。でも、寂しかったわ。」

と、真弓も微笑した。

「いつ、東京に帰してくれるの？」

「目的の女が見つかったらさ。いや、君が見つけたらだ。」

「あんまり長くかかったら困るわ。」

「そのときは中止も仕方がないな。」

梅木は言ったが、彼女の顔を見ているうちに、その眼が強いものになった。

「君、これから、ホテルから休みが取れないかい？」

「今夜早く帰してくれるの？」

真弓も男の意思を知ってきいた。

「ああ、なるべく早くね。」

「じゃ、いいわ、マネージャーにそう言ってくるから。……少しぐらいわがまま言っても、いま、ホテルは人手がたりないでしょ。だから、きっと許してくれると思うわ。」

梅木は、口笛を吹きながら、真弓がホテルのほうへ走っていくのを見ていた。

3

その翌日だった。

真弓は、一時ごろに山辺菊子の客室から帰ってきたメイドにきいた。

「あのお客さまは今日もお出かけなの？」

菊子がメイドを呼んだ用事を知りたかった。

「ううん、そうじゃないの。なんだか今日はお客さまがあるらしいわ。」

と、同僚は答えた。

珍しいことだ。その子の話だと、山辺菊子はいま入念に顔を化粧し直しているというのである。

山辺菊子が、その客を自室に呼ぶのか階下のレストランで会うのか、その辺のところはわからなかった。真弓は、控室からあまり動かないようにして様子を見守った。すると、それから二十分も経たないうちに山辺菊子が、案の定、ふだんよりは濃い目の化粧でエレベーターに乗った。

真弓はいち早く階段を降りた。一階に降りる少し前に、山辺菊子がエレベーターから吐きだされるのが見えた。

こういうときはメイドの格好がいちばん便利である。そこいらをうろついていても、客に怪しまれない。山辺菊子の姿は、このホテルの半分を仕切っているレストランの中にはいった。

真弓がガラス戸越しにのぞいてみると、奥まった所に、上品な老人と、淡い藤いろの和服をきた女とが並んですわっている。山辺菊子は満面に笑《え》みを浮かべながらそこに近づき、慇懃《いんぎん》にお辞儀を交わしているのだった。

ここから見ると、その和服の女は三十ぐらいであろうか。細おもてで、眼の大きい、透《す》きとおるように白い肌をした美人である。ほっそりした姿にも気品があった。

真弓は、これだと思った。梅木の言う女に間違いない。彼女はまた階段を急いで上がり、サービスステーションの中に置いてあるハンドバッグを取りにいった。

あいにくと、そこを泊まり客の外国人に呼びとめられ、部屋に茶とトーストを運ぶように命じられた。同僚のメイドは、これも用事をしているとみえて姿が見えない。

気持がいらいらした。電話で注文しておいて、今度は従業員専用のエレベーターで降り、調理場で注文品のできるのを待った。こうしている間も、あの二人が席を立つような気がして気が気でなかった。あの和服の女こそ梅木隆介が狙《ねら》いをつけている相手だ。調理場からはレストランのほうが小さな窓でのぞけるようになっている。

前の位置に三人はテーブルを囲んでいた。ちょうど、ビールの注がれたコップを上げて、三人で乾杯のような格好をしている。この分なら、当分、あそこを動きそうもないと、真弓は安心した。

外国人の部屋に注文品を運び、控室に戻って、ハンドバッグの中から小型のカメラを出し、エプロンの下に忍ばせた。

階下《した》に降りてみると、今度は三人で何か話しながら笑っている。表情は静かなものだった。

真弓はレストランの受持ちではなく、ここは専門の者がいる。服装も少し違う。だが、彼女は、いかにも用ありげにそこへはいっていって、自分の客を捜すような振りをした。そうしておいて、例の三人のいるテーブルの端まで進んだ。

和服の女を初めてゆっくりと見た。上品な顔だった。そのくせ女が見ても吸いこまれるような色気がある。ほっそりしているが着痩《や》せするたちのように思えた。

真弓は三人の話し声を聞こうとしたが、声が意外に低いので耳に聞きとれない。それに、いつまでもそこにぐずぐずしているわけにもいかず、残念だが、一度はそこを通りすぎた。その代わり、隅のほうに寄って、誰にも気づかれないで小型カメラのシャッターを切った。このカメラは定焦点になっているうえ、自動露出計がついているので、操作《そうさ》に手間がいらなかった。真弓は何枚かつづけてシャッターをおろした。

あんまりここにぐずぐずしていると、誰かに咎《とが》められそうなので、真弓はいったんは三階にあがった。あの調子なら、当分、あそこに粘《ねば》っていると考えたからだ。

しかし、胸がどきどきする。ようやく目的の女に出会えたのだ。もっとも、人違いということも考えられぬではないが、直感としては梅木が狙《ねら》っている女にちがいないと思う。彼に教えられたとおりの容貌だった。

梅木がどのような興味であの女を追っているのか。むろん、彼の話では、友人の殺人事件にからんだ不思議な女だというふうに説明をしている。だが、自分とは違うタイプの女を見て、真弓も思わぬ不安が生じた。年齢も違うし、顔も身体つきも彼女とはまったく異質なものだった。あの女はバラにたとえるとその満開なのだ。花びらをいっぱいに開き、馥郁《ふくいく》たる匂いを撒《ま》き散らしている。

それに比べると、真弓には自分の青臭さが貧弱に見える。もしも、梅木のあの女に対する興味が彼の口実以外にあるとしたら……だが、真弓はすぐに首を振った。昨日久しぶりに会って、あれから休みを取り、彼の愛をたしかめえたのだ。まさかと思う。

しかし、いったん不安が兆《きざ》してきたとなると、あの女に対する真弓の感情がまるで違ってきた。それまでは梅木に言われたから命令どおりにするといった具合だったが、今度は彼女も本気にその謎《なぞ》を追う気持になった。気づかないうちに相手への嫉妬《しっと》が頭をもたげてきていたのである。

また新しい客が入室してきた。真弓はそのサービスに追われたが、意地悪いことに、客は夫妻づれである。このホテルは初めてとみえて、なんのかんのと言って珍しそうに注文をする。これに約四十分は完全に時間を取られた。

真弓は気が気でなく、またカメラをエプロンの下に隠して、急いで階下に降りた。するとちょうど三人が席から立つところだった。先頭は例の女だ。そのあとに、山辺菊子がいて、最後に老人が従っている。老人の人相も梅木隆介から教えられたとおりなのだ。これは聞いたときのイメージにまるでぴったりだったので、おかしいくらいだった。

真弓は急いで玄関近くに行った。山辺菊子はちらりと真弓の顔に視線を走らせたが、それはただ知っているメイドがここにいるなという感じで、気にもとめていない。三人は表へ出た。

そのときだった。駐車場から車がバックしてきた。三人が車の接近を待って短い立ち話をしているのが真弓の耳に風のように流れた。

「これで、当分、あなたにも会えなくなります。」

と、老人の声。

「……さまも、充分お気をつけあそばして。いろいろ……。」

女の言葉のはじめと終わりは聞きとれなかった。

車が停まって、やはりその美しい女を先にして、山辺菊子と老人とがつづいて乗りこんだ。真弓はいち早く車体番号に眼を止めた。東京の車だった。おそらく、老人のものに違いない。その車は玄関前を半周して緩《ゆる》やかに下降し、たちまち、明かるい陽の下の白い道を遠ざかっていった。あたりはこの箱根に遊びにきた車の疾走だけが目まぐるしかった。

梅木が真弓からフィルムを受けとったのはその翌日である。真弓は彼が言ったとおり速達にして会社あてに送ってきた。アパートよりも会社のほうが居る時間が長いし、現像にもすぐに間に合う。

いっしょにはいっていた手紙を読んだ。

〝とうとう見つけたわよ。山辺菊子と、あなたの言った老人と、それから問題の女性と三人で、階下のレストランで食事をしたわ。彼女、とてもいい着物を着ていたわ。あんな贅《ぜい》沢《たく》な衣装をわたしも着てみたいわ。わたし、さっそく、あのカメラでパチパチやったの。

うまく写っているといいけれど。女の人、とてもきれいね。ちょっとジェラシーよ。なんだか、あなたの目的がわからなくなったわ。でも、安心してちょうだい、任務だけはちゃんと遂行《すいこう》したから。それからね、大事なことが一つあるわ。三人で出口に車を待っているときに交わした会話が、ちらりと耳にはいったの。こんなふうにね。
《これで、当分、あなたにも会えなくなります》
《……さまも、充分お気をつけあそばして。いろいろ……》
これ、どういう意味かしら？　問題の女性は、どうやら、この箱根から姿を消すらしいわ。そしたら、わたしの任務ももう終わりでしょ。至急、探偵長からの指令を待ちます。
真弓〃

——真弓はよくやった。まさしくその女だ、と梅木隆介は思った。はじめて三人が揃《そろ》ってレストランにあの姿を出したのだ。いったい、あの女はこれまでどこに潜《ひそ》んでいたのか。真弓の手紙によると、彼らの会話は、問題の女が当分いなくなることを意味しているようだ。

はてな？

まず、考えはあとにして、彼はフィルムを掴《つか》むと、そのまま会社を飛びだした。

「おい、これを今日じゅうに棒焼きしてくれんか。特別に金を出すよ。会社の帰りが七時ごろになるから、それまでになんとか頼む。」

4

その棒焼きは、梅木隆介が帰りに寄ったときにできあがっていた。

真弓は連続的にシャッターをおろしたために、三人で食事についている姿が五つのコマにつづいて撮《と》れている。

密着では小さかったが、楠尾英通が横向き、山辺菊子が後ろ向きになって、あの女がちょうど正面になっている。まさにあのとき別れて以来の対面である。彼は写真を見ながら懐《なつ》かしくなった。

「君、これをキャビネに三枚伸ばしてくれないか。」

梅木は、その中でいちばん出来のよさそうなのを引き伸ばすようにＤＰ屋に頼んで、出た。

それから帰りについたが、途中で、真弓の手紙に楠尾英通とあの女との会話があったのを思いだした。

(……さまも、充分お気をつけあそばして。いろいろ……)

《……さま》とは、正確にはなんと言ったのだろう？　多分《楠尾さま》と言ったのであろうが、《充分お気をつけあそばして》とは、どういうことであろう。たんなる挨拶とは思えない。

《いろいろ……》は、《いろいろお世話になりました》か、《いろいろありがとうございました》であろうか。

次に、《これで、当分、あなたにも会えなくなります》という言葉は、あの女がしばらく彼らと離れることを意味する。真弓も書いているとおり、少なくとも箱根からはいなくなるという意味だ。

逆に言うと、あの女はそれまで箱根にずっといたということにもなるのだ。そして、真弓の報告のとおり、山辺菊子が毎日のように外出していた用事の中には、あの女と会っていたこともはいるだろう。

では、あの女はどこにいたのか。ここで真弓の報告によると、ホテルから乗った車は楠尾英通の自家用車だとある。番号まで書きとめてあるが、これは調べるまでもなく間違いあるまい。

そうすると、あの女は自家用車を持っていなかったのだろうか。あるいは、持っていたとしてもたまたま楠尾の車に便乗して来たということにもなる。この場合の参考は山辺菊子だ。彼女は東京に家があって、箱根ではホテル住まいだ。あの女も、山辺菊子の場合と同様に、どこかのホテルに泊まっていたのかもしれない。

前に梅木はGホテルを調べたが、泊まり客の中にそれらしい女は捜し出せなかった。だから〝あの女〟は他のホテルか旅館に泊まっていたとも考えられるが、梅木のカンでは、彼女はホテルや旅館ではなく、楠尾の山荘にひそんでいたと考えるほうが当たっているように思われた。

浜田弘は箱根で殺された。やはり、浜田と彼女は毎日のように箱根のどこかで会っていたのであろう。それも、誰の眼にもふれないように隠れて出会っていたのだ。あの女がずっと箱根に滞在していたのは、まず間違いないことだ。もはや、あの女が浜田殺しに無関係であるということはありえなくなった。三人の連絡も、そのことを考えて、その立場で、眺めなければならない。しばらくあの女の姿が見えなかったのは、事件直後のことで、その警戒からであろう。ホテルのレストランでの会食は、そのほとぼりが冷《さ》めたと思ったからではなかろうか。しかも、あの女がどこかに行くということで、一種の送別会みたいな意味になっている。

いったい、あの女は箱根をくだってどこに行ったものか？

殺された浜田弘とあの女との関係が、梅木には、まだよくわかっていなかった。もし、あの女が人妻だったら、浜田を遊びの相手に選んでいたのではなかろうか。しかし、それなら、女のほうがアパートを借りて、隔月に浜田と遊んでいた理由がわからぬ。夫を持っていたなら、そんな自由はきかないはずだ。

では未亡人か、それとも夫と別れた女だろうか。ここでも彼女が隔月に浜田と遊んでいた理由が別の意味でわからなくなる。

ここまで考えて、梅木には、あの女の相手は浜田だけだろうか、という疑問がふいと湧いた。

もし、浜田だけではなく他にも男がいたら——というのは、梅木が隔月の意味をそこに結びつけようとした考えからだ。

たとえば、浜田のほかに、Bという別な男が彼女の愛人だったとすると、隔月の意味はその期間の調節ということになりそうである。

だが、これはちょっと突飛《とっぴ》すぎる。梅木は、あの女の美しさを忘れかねている。そんな女とは考えたくないのだ。

浜田が殺された事実から、梅木には一つの連想が浮かんだ。その想像は恐ろしかったが、あの女をますます魅惑的にも思わせるものがあった。梅木は一晩中、まんじりともせず、その考えを追った。

翌朝梅木は警視庁に行くことを考えた。しかし、なんの予備知識もない彼は、単独で警視庁に行く勇気はなかった。そこで思いついたのが、この前名刺を借りた友人の新聞記者、井上である。

梅木は電話をかけて、新聞社から井上を呼びだした。

「なんだい？」

と、記者は彼の待っている喫茶店に現われた。

「君は仕事で警視庁に行ったことがあるかい？」

梅木がきくと、井上は、ずっと前に警視庁詰めの記者をした経験があると答えた。

「そんなら願ってもないことだ。じつはね、未解決の殺人事件について知りたいのだが、それは警視庁のどこに行ったらわかるだろうな？」

「それは、刑事部だろう。何か、また妙なことを思いついたらしいな？」

彼はニヤニヤした。

「まあね。じつは、殺しでいまだに解決がつかず、しかも被害者が多分、中年の男だという条件の迷宮入りの内容を教えてもらえないだろうか？」

「そんなことはわけないだろう。もっとも、あそこも忙しいから、行ってもすぐに調べてくれるとはかぎらないがね。」

「君、悪いがいっしょに行ってくれないだろうか？」

新聞記者は承知した。

警視庁について、二階の刑事部という名札のついた部屋にはいると、井上は慣れた調子で、梅木の希望を係りに伝えてくれた。

「どういう内容ですか？」

私服の係官がきいた。

「お宮入りの事件のなかで、この男に心当たりがあるかもしれないのがあるそうです。被害者が中年の男で、犯人も、殺人の動機もわからないという事件がありますか?」

「最近ですか?」

「最近とはかぎりません。」

と、梅木が前に出て言った。

「ここ四五年からの事件です。」

「その犯罪の発生地域はどこですか?」

「それはわかりませんが、だいたい、東京を中心に近県にしぼっていただければ結構です。」

「こちらに来てください。」

係員が二人を奥のほうに案内した。

消えた男たち

1

警視庁の係官は、梅木隆介の面倒な頼みにいやな顔もせず、親切に記録を捜してくれた。

「殺人事件の被害者が中年の男で、迷宮入りになっているというのは、いま、ありませんね。」

「ははあ。」

梅木は、係官の言う口もとを眺めていた。

「被害者が若い女性の場合は、かなりあるのです。しかし、男の場合は、みんな解決ずみになっていますね。」

「そうですか。」

梅木はがっかりしかけたが、

「そうそう、殺人事件ではないが、事故で死んだ男はいますよ。四十ぐらいです。」

「事故死？」

「その辺が微妙なところです。いちおう、自殺として片づけてありますが、これなんか、その例の一つですね。」

その話というのは、静岡県の伊東の近くに一碧湖《いっぺきこ》という小さな湖がある。二年前の十月初めのころだったが、東京から来た自動車のセールスマンが、この湖水の中に落ちて死んでいた。死んだ本人は水泳ができるのに、溺死《できし》というのはおかしいと思って調べたが、どうも確定的な判断がつかずいちおう、自殺としたということである。

「これなんかどうですか？」

と、係官は言った。

「そうですね、もっと詳《くわ》しくわかりませんか？」

「概略のことなら、ここに控えがあります。」

係官が出したのを見ると、その男は東京のN自動車に勤めていて、一週間の休暇をもらい、伊東に遊びにいっていたという。

男は村岡《むらおか》という名だった。村岡は、東京の亀戸《かめいど》のほうに住んでいて、都心の会社に通勤していたが、その死の前に一週間の休暇を取っていた。死んだのは休暇がはじまって三日めだった。

一週間の休暇。——

梅木の胸は鳴った。ここに浜田弘との相似性があるのではないか。浜田も殺される前に会社から休暇を取っていた。また、浜田は東大久保のごみごみした所に住んでいた。この村岡という男も亀戸に居たというから、それほど豊かな暮らしをしていたわけではあるまい。生活程度が浜田と似ている。

一碧湖とはまた妙な所にはまったものだ、と思った。もっとも、伊東温泉の近くだから、箱根の場合と大きな隔《へだ》たりはない。しかし、箱根の雰囲気と比べて、伊東はやや趣きが違っている。ここは温泉地といっても、豪華な空気は熱海《あたみ》に集中され、どちらかというと、庶民的な色合いになっている。この点が箱根と少し違うのだ。

梅木は、その村岡という男が勤めていた赤坂溜池《ためいけ》のN自動車の販売所に行った。

「村岡君ですか。」

と、出てきた社員は梅木の質問に気軽く答えてくれた。

「伊東に行くという話は聞いていませんでしたね。一週間の休暇を取っていたが、それは年次休暇で、いつでも取れることになっています。死んだのは、たしか二年前の十月でした。どこに行くのか、と言ってきいたんですが、やつは、九州だとか、北海道だとか、トンチンカンなことを言って匿《かく》していました。」

「警察では自殺ということになっていますが、あなたはそれを信じますか？」

梅木はきいた。

「そうですな。そういえば、まるっきり自殺の原因がないでもありません。」

「とおっしゃると？」

「彼は、その半年前から、ひどく販売成績が悪くなっていたんです。それまでは、相当頑《がん》張《ば》っていて、かなり上位のランキングにいたんですがね。われわれの会社では、セールスマンの成績をグラフの一覧表にしてあるんです。まあ、会社としては、そんなものを作ってお互いに競争心を起こさせようというわけでしょうがね。村岡のやつはいい成績でしたよ。それが死ぬ半年前からガタ落ちになって、やつは腐っていました。」

「どういう理由《わけ》でしょうか？　いや、その成績の落ちたことです。」

「恋愛でしょうな。」

「はあ。で、相手は？」

梅木は胸をときめかせた。

「それがどうもはっきりしないのです。いや、恋愛していたのは、まず、間違いないところでしょうがね。やつはすっかり落ちつかなくなって、ときどき、どこかに電話をかけていましたよ。」

「村岡さんの年齢は？」

「三十八でした。奥さんとは何かの事情で五六年前に別れ、ひとり暮らしでしたよ。子供はいなかったようです。」

三十八歳。浜田は四十一歳だった。

「では、販売成績の落ちたのも恋愛のためですかな?」

「そうだと思います。やっぱり戦闘力が弱りますからな。」

と、男は笑った。

「村岡さんが自殺する前に、何か変わったことはありませんでしたか? たとえばですね、一カ月おきに外泊が多くなったとかいうような。」

「一カ月おきですって?」

と、相手は怪訝《けげん》な眼をした。

「ひとり者ですから、やつはどこに泊まってもよかったんです。アパートは亀戸の汚ない所でしたがね。……そう言えば、朝、亀戸のほうからではなく、妙な方角から、つまり、芝《しば》のほうから出勤してきたことがありました。どうしたのだ、ときくと、ちょっと用があって、などと言っていましたが、あれは多分、女の所に泊まってきたのかもしれませんな。」

「村岡さんの体格は、どんなふうでした? 痩《や》せ型だとか、少し肥えていたとか、背が高かったとか、低かったとか……。」

「そうですな。そうそう、ここに、やつが死ぬ前、みんなといっしょに撮ったスナップ写真がありますよ。」

同僚はそう言って、机にいったん戻り、一枚の写真を持ってきた。

「これです。」

と示したのは、この事務所を背景に四人の社員が肩を組んで立っているところだが、その男に指摘されるまでもなく、ひと目見て浜田弘の体格に似た男が村岡とわかった。

2

「そうですね。」

と、梅木が訪ねていった村岡のいたアパートの管理人は言った。亀戸の駅から降りて七八分歩いた所だが、近所は小さな工場や長屋などがあったりして環境が汚ない。

「村岡さんは、はじめはきちんとした生活をしていましたが、亡くなる半年前ぐらいから、アパートにいたりいなかったりしていましたね。ひとり者だから、その点はべつにうるさく言う者はいないし、のんきだったんですね。」

「その部屋に寝たり寝なかったりというのは、つづいてという意味ではなく、大まかに言って、外泊が一カ月おきにひどかったということはないですか?」

「さあ。」と、管理人は首をかしげた。

「うちのアパートは外から部屋にはいれるようになっているので、はっきりしたことはわからないが、そう言われると、村岡さんは、いないとなると、のべつにいなくなって、いるとなると、毎晩いるといった状態でしたね。一カ月おきかどうかは憶《おぼ》えていませんがな。」

梅木は、そこを出て、しばらく考えた。

聞けば聞くほど浜田の場合とよく似ている。本人の体格、休暇の取り方、死ぬ半年前から落ちつかなかったこと、アパートに戻る晩がつづいたかと思うと急に外泊が多くなるというような話……それに、溜池の同僚の話では、村岡が芝のほうから朝出勤したのを見たことがあるという。

一碧湖——温泉地。

相手は、あの女だ。梅木はそう信じた。彼はそれを疑わなかった。

男に好む女のタイプがあるように、女にも男への好みがあろう。体格がそうだ。次に男の生活がそれほど豊かでなかったこと、年齢的なもの……考えれば考えるほど共通点がある。

伊東から一碧湖は近い。ことに村岡という男が溺死体となって発見されたのは十月だという。そうすると、あの辺はハイキングなどにはいい場所だから、季節的には合う。

いったい、あの女は村岡と伊東温泉のどこに泊まっていたのだろうか。伊東の旅館は熱海ほど多くはない。しかし、これを一軒一軒当たるのも厄介だった。ことに二年前の泊まり客の記憶を呼びおこすのだから、手間がいることだった。おそらく、あの女も村岡も偽名で泊まっていただろうから、名前からの手がかりはない。いちいち人相を言っていては調べるのに何日かかるかわからなかった。

梅木は駅まで歩いて電車に乗った。考えあぐんで、電車の窓から沿線の風景を見るともなく見ていると、軌道に沿った道路を自家用車が走っている。車はたちまち電車を追いこしたが、そのうしろ窓を見ると、ゴルフ道具が積んであった。近ごろできた千葉県のゴルフ場からの帰りであろう。

梅木ははっとなった。

そうだ、一碧湖の近くに川奈《かわな》ゴルフ場がある。あそこにはたしか豪華なホテルがあった！

次の日曜日は十一月十三日であった。梅木は朝早く東京を発《た》って、熱海で乗りかえ、伊東駅で降りた。そこからバスに乗って川奈に行ったが、途中でバスガールが源頼朝の事跡を長々と述べるのには閉口した。ただし、そこからは見えないが、すぐ、この右手が一碧湖でございます、という案内には気を惹《ひ》かれた。

川奈に降りると、ゴルフ場に行く自家用車、ハイヤーなどがひっきりなしに通って、土《つち》埃《ぼこり》を彼の肩に浴びせた。

ゴルフ場に行ってみた。なんとも壮観なものである。近ごろは女性のゴルファーがふえているので、緑の芝生の上に赤い色が色豆のように散っているのは、見事な眺めだった。

川奈ホテルのロビーもほとんど満員となっている。梅木はそこの戸口に立って、席が空くのを待つような顔で見まわしたが、もとより、〝あの女〟がいようはずはない。そのままフロントに行った。

「こちらは、会員の方だけに、ご予約をうけたまわっておりますので、お名前がわかりませんと、ちょっと……。」

と、事務員は慇懃《いんぎん》だが無愛想に答えた。

梅木が人相をいくど説明しても、また、二年前の十月、そこの一碧湖でこちらの滞在客が自殺したはずだが、と説明しても、いっこうに受けつけてくれない。これは、梅木の服装がここに来るゴルファーのそれとくらべるとみすぼらしく映ったせいかもしれない。取りつく島はなかった。

せっかくここまで来たのにと思うと、少々いまいましい。彼は玄関のポーチから、またゴルフ場を見まわした。

すると、一つの考えが彼の頭をかすめて過ぎた。

梅木はふたたびフロントにとって返した。

「こちらの会員に楠尾英通さんはいませんか?」

「楠尾さまなら、私どもの古い会員でございます。」

それだ、と思った。ここは会員の名前だと、部屋さえ空いていれば泊まれることになっている。

「その楠尾さんの紹介で、さっき言った婦人と、男性とが泊まったはずですがね。思いだせませんか?」

「楠尾さまのね。」

と、ようやく事務員も本気に考えてくれた。

「そういえば、ずっと前に、楠尾さまの紹介で、そんな男女の方がこられたような記憶がぼんやりあります。」

と、フロントの中年の事務員は額を押さえて思いだして言った。

「そうですか。」

やっぱりそうだった。梅木は、ここに来たかいがあったと思った。

「その人たちの名前はわかりますか?」

「もうだいぶ前ですな。さよう、二年ぐらい前になりますかな。宿泊された方の名簿は一年保存で焼きすてていますから、ここには残っていません。」

「そりゃ残念だなあ。いや、じつはある事情で、その二人を捜しているんですがね。……そのころ二人を世話したメイドさんはいませんか？」

「二年前というと、もう辞《や》めてしまっていますね。たったこの間まで古いのが一人いましたが、あとは全部去年入れた者ばかりです。」

糸はここで切れた。

「あなたは、いま、その二人を思いだしてくださったのですが、二人の様子はどうでしたか？　つまり、ここでの生活ぶりですが。」

「さあ、それはよくわかりませんな。」

「ゴルフ場に来たのだから、二人ともゴルフをやっていたわけですね？」

「いや、男の方《かた》は、あんまりゴルフをやっていらしったようなふうは見えませんでしたね。ご婦人のほうは、ときたまゴルフ場にお出かけのようでしたが。」

「その女性というのは、」

と、梅木隆介はポケットから真弓が箱根のホテルで撮った写真を出した。これはずっとポケットに入れているので、台紙をつけ、上にビニールをかけている。

「あ、この方です。……おや、こっちは楠尾さまですね。」

フロントの事務員は、その写真をひと目見るなり言った。

「これを拝見して思いだしましたよ。これよりも少し若いような印象でしたがね。」

事務員がそこまで言えば正確である。この写真と、このホテルに来たときとは、二年間の隔たりがあった。

二人の名前や、また、それに記された住所までわかると、多少の手がかりがつくかもしれないが、これでは万事終わりだった。あとは紹介者の楠尾英通にきくほかはないが、彼に会ってもむだなことは、初めからわかっている。念のために、写真にいっしょに写っている山辺菊子のことをきいたが、フロントの男は、知らない、と言った。

梅木隆介はホテルを去った。

ここで考えられることは、もはや、あの女が楠尾英通と非常に密接な交友関係にあることだ。彼女が旧貴族だとすると、楠尾英通のそれと同じ階級的意識につながっているのであろう。そういう特殊社会は特別に靭帯《じんたい》が強固だといわれている。

すでにあの女がそういう特殊社会の女だと知ると、彼女が一カ月おきに外部の男と交渉を持つのは、どのような理由からであろうか。

考えてみると、浜田の場合にしても、今度聞いた自動車セールスマンの村岡にしても、昔の貴族の眼から見れば、下層階級の人間だ。そういう連中を遊びの相手にしているところが、そういう階級の女性として、わからない。

それにしても、あの女には夫があるのだろうか。これは一カ月おきの彼女の浮気と密接な関連がある。

もし、夫がいるとすれば、相手は一カ月ごとに家庭を留守にするような職業についているると思える。いい例は、夫が外国航路のような船に乗りこんでいる人間の場合だ。しかし、まさか船員ではなかろう。一カ月おきに非常に忙しい仕事にたずさわっている男かもしれない。それも、家庭にあまり帰ることのできない仕事、たとえば、貿易関係の仕事をやっているとか、そこの役員とかである。これだと、商売のために、得意先の外国へ出張があるのはありえないことではない。いくら忙しくても、それが日本にいるかぎりは彼女の身を拘束するであろうからである。

次に考えられるのは、あの女が正式の人妻ではなく、たいへん金持の、つまり、楠尾英通のような旧華族と交友関係を持ってもおかしくないような金持の二号ではないかという想像だ。これは、かなり適切な想像かもしれない。だがあの女の身についた気品は、そのような位置の女とは思えなかった。芸者とか、キャバレーのホステスとかいったような水商売の出身とは考えられない。

それにしても、一カ月おきの彼女の〝変化〟が解決できなかった。つまり、その場合も、彼女はその保護者《パトロン》からの拘束を受けるだろうからである。

では、そういう拘束のない未亡人の立場としたらどうであろうか。これだと彼女は自由に異性を求めても不自然ではない。ただし、ここにも一カ月おきの疑問は解けなかった。

これを人目をはばかってという理由だけでは多少弱いようである。なにも一カ月おきというような間欠現象を持つことはないのだ。

次に、最も重大なのだが、あの女はなぜ相手を殺さなければならないのか、という点だ。もっとも、自動車セールスマンの村岡という男の場合は、自他殺不明となっているが、これは、他殺とみていい。梅木隆介の知るかぎり、少なくとも彼女のために二人の男が殺されている。もっとも、直接の下手人があの女とは必ずしも考えないが、彼女がそれに非常に重大な存在となっていることは確かである。

だが、〝あの女〟がそんな恐ろしい事件の渦中にあることを知っても、梅木が彼女に寄せる気持は、まったく変わらなかった。変わらないどころか、ますます強烈になるばかりなのであった。

3

梅木が川奈に行った翌日、真弓が箱根から戻ってきた。

「あれから全然変化はなかったわ。」

と、最初に会ったとき、彼女は梅木に言った。

「そののちもずっと気をつけて見たんだけど、あの女の人は姿を現わさないし、山辺の奥さんもホテルを引き払ったわ。」

「山辺菊子が箱根から帰ったのか。いつだい？」

「一昨日の昼よ。わたしたちに五百円のチップをくれたわ。あの奥さんからは初めて貰ったの。」

一昨日というと、土曜日で、十一月十二日になるから、山辺夫人は箱根にほぼ予定の日数どおりに滞在していたわけだ。

「山辺菊子がホテルを引きあげたとなると、楠尾さんは、つまり君が撮ったあの写真の老人だが、その人はこなかったかい？」

「いいえ、山辺の奥さんは一人で帰っていきました。車はホテル出入りのハイヤーを呼んでたわ。」

「そうか。」

「ねえ、どうして、あの人たちにそんなに興味を持つの？」

「今にわかるよ。」

「今にわかるって、そんなことばっかり言ってるわ。きっと、あの女性が好きなのね？」

「そうじゃないんだ。これにはいろいろと混みいった事情がある。君はつまらないほうに想像を走らせているが、おれの興味は殺人事件の追及だけだ。」

「そんなものは警察に任しとけばいいわ。わたしにはあなたが、それを理由に何か考えてるとしか思えないわ。」

「まあ、そう言うな。」

と、梅木は真弓をなだめた。

「今度のことでは君に感謝してるよ。おかげで、あの写真がたいへん役に立った。」

「あなたはいいかもしれないけど、利用されてるわたしはたまったもんじゃないわ。……ホテルのメイドなんて、はじめはおもしろかったけど、しまいには最低ね。景色だって見あきちゃったし、やはり東京がいいわ。」

「今度また君に何か頼むかもしれない。そのときはよろしくお願いするよ。」

「勝手なことばかり言うのね。」

「お店では誰にも何にも言われなかったかい？」

「ええ、田舎でのんびりしていたので、おかげですっかり元気になりましたって、マスターに言ったのよ。そうしたら、君がいないと、お客さんが違うんだよ、よかった、よかった、ってあんまりよろこんでくれたので、わたし、わるくなっちゃった。」

「ほんとうにすまなかったな。」

梅木は心から真弓に感謝した。しかし、この追及をそれでやめるつもりはなかった。

言うはずはない。

4

梅木はいろいろ考えたが、楠尾英通も山辺菊子も箱根から引きあげているなら、やはりこの両方の線を追う他はないと思った。しかし真正面から訪ねていっても、実際のことを言うはずはない。

だが、例の女がこの両人《ふたり》と交遊していることは箱根のことでもわかる。それを確かめただけでも箱根に真弓を派遣した効果はあった。

梅木は、楠尾英通の家の前にしばらく張りこんでみようかと思った。手段はこれしか残されていない。もっとも、いつ来るかわからない相手を待って頑張っているのは、並大抵のことではない。それに、箱根では、二人は当分会えないと言っていたのだ。それは、女が東京周辺でなく遠くへ去ったことを意味しているのではないか。しかし、他にはなんの手がかりもなかった。なにかの事情でもう一度、楠尾邸にあらわれるか、自分で来なくてもなんらかの連絡があるかもしれない。

他に方法がないとなると、ひとまずこれを試験してみるほかはなかった。梅木は、その日の晩から楠尾の邸の前に立った。

この辺は、赤坂でも閑静な住宅地だ。それに電車通りからはなれているので、車もめったにはいらない。張込みするには格好なところだった。

当てにならない相手を待つということは、どのように退屈なことかよくわかった。梅木は楠尾邸の窓の灯を見ながら、煙草を吸って行ったり来たりした。どうせ相手は自動車で来るに違いないから、車がはいってくるのさえ気をつけていればよかった。

楠尾邸の灯のある窓には、ほとんど人影が映らなかった。楠尾氏がはたしているかどうかわからなかった。

(そうだ。相手の在否をたしかめないといけない。もし、楠尾が留守だったら、彼女もこないはずだ。そうなると、ここでいたずらに待ちぼうけをくっていることになる)

梅木はそう考えて、電話ボックスのある表通りに出た。その間も相手がくるかもしれないという不安はあった。が、それならそれで、彼女は楠尾邸にずっといることになるのだからかまわない。

電話番号は、かねてから調べてある。

「楠尾さんのお宅ですか?」

出てきたのは女中らしい声だった。

「こちらはS新聞の者ですが、ご主人はいらっしゃいましょうか?」

新聞社というと警戒されることはない。相手は名士のひとりだから、新聞社の用事だと言っても不自然ではないと思った。

「はい。いらっしゃいます……。」

女中はそう言って、送受器をはずしたまま足音を遠のかせた。

梅木は、送受器から伝わってくる楠尾英通の家の空気を聞いた。遠くで女の声がしている。言葉はわからない。ひどく遠い。

梅木は、送受器を痛いくらい耳につけた。もしや、と思ったのだ。女中の声ではない。遠い遠いところから聞こえてくる声は、たしか〝あの女〟のようであった。

梅木は、彼女とは二度、話を交わしている。一度は所沢街道の車の中だ。二度めは彼女のアパートでだ。彼は、いま聞こえてくる微《かす》かな声が記憶にある彼女のそれと思えて仕方がなかった。

声はまた別な男のものがしている。しかし、それはかなり若かった。楠尾英通なら耳に記憶があるから、すぐにわかる。年寄りらしいものだ。

論より証拠、女中は楠尾英通を捜しているらしい。電話は待たされっ放しになっている。

いま聞こえてくる男の声が楠尾だったら、すぐにその足音がこっちに来て送受器を取るはずだった。

その男女の話は、梅木が聞いている間つづいた。それも普通の挨拶ではなく、もっと親密な会話の印象だった。

梅木がなおも耳を澄ましているとき、「万葉集……。」という言葉が女の声から聞きとれた。

(万葉集?)

そのとき、足音を立てて誰かが来た。楠尾氏かと思っていると、前の女中の声だった。

「あの、恐れいりますが、旦那さまはいまお寝《よ》っていらっしゃいますから、明日でもおかけ直しを願います。」

「そうですか。何時ごろ、お起きになりますか?」

どっちでもいいことだが、とにかく、あの男女の話、特に女の声を確かめたいばかりに電話を長びかせた。

「十時にはお起きになると思います。」

「そうですか。」

わざと黙った。すると、向こうの男女の声もぴたりとやんでしまったではないか。それは、はじめて電話のほうを気にしたといった様子であった。

「十時ですって? それは少し遅いですな。ぼくは明日九時に社に出ますが、その前にお伺いしてもよろしいでしょうか?」

「それは困ります。まだ旦那さまはお起きになっていませんから。」

「弱ったなあ。」

またあとの言葉を保留した。やはり男女の声は聞こえない。しんと家の中が静まっている。


「それでは、夕方お寄りしたらどうでしょうか？」

「何時ごろでございますか？」

うまい具合に女中はひっかかってきた。

「そうですね、四時か五時、その辺の都合をもう一度旦那さまに……。」

と言いかけたとき、突然、電話が切れた。ツーンという音が梅木の耳に強く響いた。

梅木は呼吸《いき》をのんで、持った送受器をしばらくみつめていた。

電話を切ったのは女中ではない。誰かが横からそれを妨《さまた》げたのだ。楠尾英通だろうか。

いやいやそうとは思われない。梅木には、その電話を切った主が若い男のような気がしてならなかった。

「畜生。」

彼はそう呟《つぶや》くと、いっさんに楠尾邸の前に駆けだした。

(たしか万葉集と女は言っていたな。……なんだろう？　こっちの聞き違いかな)

彼は走りながらそう思った。

万葉《まんよう》の庭

1

朝、梅木隆介は寝床で煙草をふかしていた。あれから一週間ほど過ぎている。気にかかりながら、仕事が忙しくて何もできなかったが、それも昨日でようやく片づいた。今夜からまた楠尾邸の見張りをつづけるつもりだった。

あの夜はあれからもしばらくねばったが、誰も出てはこなかった。彼はおよそ一時間以上も門前の道路に佇《たたず》んだであろうか。しびれをきらしかけたころ、楠尾邸の反対側の道路で車がスタートするエンジンの音を聞いた。はっと気がついたのは、中にいた例の女が、彼の張込みに気がついて裏から脱走したことだ。梅木はいっさんに道路を迂回して反対側の道に出たが、もとより車の影はなかった。外灯が彼をあざ笑うように鈍い光を放っているだけであった。

梅木は腹が立ったので、よっぽど楠尾邸にのりこもうかと思ったが、いやいや、憤《おこ》っては万事が終わりだ、と胸をさすった。こうなると持久戦だ。じっくりと取りくむよりほかはない。

確かにあの電話で聞こえていたのは、例の女の声だと思う。男と話をしていたのだが、それは楠尾よりも若い声だった。あの家にはもう一人の男が来ていた。

あの様子では、例の女は絶えず楠尾邸に来ているらしい。楠尾がどんなにとぼけても、聞いた耳が何よりの証拠だった。

いったい、あの女と楠尾の関係はどういうことなのだろうか。それに山辺菊子だ。あの女がこの元貴族仲間の世界に住んでいることは推定がつくが、それ以上の関係はわからない。どうも生活環境が違うと、こちらが察しをつけるのに骨が折れる。

階下のおばさんが新聞を届けてくれた。

梅木は顔を洗わないで煙草を吸ったり、新聞を読んだり、インスタントのコーヒーをいれたりするのは癖になっている。寝起きの怠惰《たいだ》なひと時の時間というのは愉《たの》しいものだ。ぎりぎりの時間で縛られている勤め人のわずかな自由だ。

出勤時間に迫られて、なお数分間の怠惰をたのしむというのは、さめやらぬ夢を見ているような未練さがある。

梅木はくわえ煙草で仰向けになり、新聞をひろげた。

政治面はたいして興味はなかった。アメリカの原子力潜水艦が日本に寄港する問題でごたごたが起こっているらしい。反対意見は、万一の事故があった場合、海上が汚染し、人命にもかかわりかねないという警告である。

人命といえば、あの謎の女をめぐって、すでに二人の男が殺されている。今から二年前に死んだ男も、浜田弘によく似た条件を備えていた。これは偶然だろうか。もし、彼女がその殺人者とすると、彼女の犠牲者に対する好みがどこか似ている。

梅木は社会面を見た。見出しを眼に入れただけでも、殺人、傷害、詐欺、強盗、自殺……よくもまあ毎日、こういう事件がつづくものだ。人間は生きているかぎり犯罪の中に暮らしているような気がした。

梅木は、その中で小さな見出しだが〝湯河原《ゆがわら》で睡眠薬自殺〟というのが眼にふれた。

〝十一月二十一日朝八時ごろ、神奈川県湯河原町万葉公園中の滝のあたりで、男の溺死体を散歩客が発見、届け出た。上着のポケットにはいっていた名刺によって東京都新宿区角《つの》筈《はず》××番地M証券契約係林田庄三さん（三十五）と判明した。付近には空になった睡眠薬の瓶があり、林田さんは睡眠薬を飲んで滝壺から流れる川に飛びこんだものらしい。〟

目立たない記事だったが、梅木には頭の中に爆裂弾が炸裂《さくれつ》したくらいの衝撃を受けた。

万葉公園――湯河原には前に一度泊まったことがあるが、梅木はそんな公園があるなどとは初めて知った。

しかし、彼がショックを受けたのはそんなことではなく、このあいだの夜電話で聞いた女の声が〝万葉集〟という言葉を使ったことだ。

万葉公園と万葉集。

〝あの女〟のペンダントには万葉の相聞歌《そうもんか》が刻まれてあった……。

偶然だろうか。どうもそうとは思えない。あの女の言葉と無関係ではなさそうである。死んだ男の年齢も、浜田や村岡といくつも違わない。

それに、湯河原の地形だ。湯河原は箱根のすぐ下にある。箱根―湯河原―伊東と結んでみよう。例の女の行動半径の中に完全にはいっているではないか。

新聞記事には自殺とあるが、これも、いちおう疑ってかからなければならない。あのとき電話で〝万葉集〟と聞かなかったら、こうまで疑問は起きなかったのだが、あれが鼓膜にあざやかに残っているとなると、梅木はこの記事を見のがす気持にはなれなかった。

梅木隆介は会社に電話をして、今日は頭痛がするから一日休みたいと申し出た。人のいい係長はずっと忙しかったからな、大事にしたまえ、と言ってなんなく許可してくれた。湯河原となれば、会社が退《ひ》けてからというわけにはいかない。

彼はいつもの時間に家を出ると、そのまま東京駅に走った。

列車で二時間ばかりかかって梅木は湯河原駅に降りた。駅前のタクシーに万葉公園ときくと、かなりの奥のほうだと言う。

湯河原は細い町で、傍《かたわ》らには川が流れている。旅館はこの渓流沿いに建てられているが、公園はその旅館街が終わるあたりにあった。車ははいらない。梅木は細長い上り坂の路を急いだ。

前に湯河原に来たときわからないはずだった。その公園は旅館街のずっとうしろにある。元はある金持の別荘だったのを公園にしたというが、日露戦争ころのことだというから古い話である。急な段を上がっていくと、自然林がそのまま残されて、その奥に郷土館のような建物が建っていた。

いろいろな木が植わっていたが、その間には万葉の歌を書きつけた札がいたる所に立っていた。

たとえば、椎《しい》の木の根元には、

〝家にあらば笥《け》に盛る飯《いい》を草枕　旅にしあれば椎《しい》の葉に盛る〟

の歌があり、藤の樹の下には、

〝吾《わ》が屋前《やまえ》の時じき藤のめづらしく　今も見てしか咲容《えみすがた》を〟

が出ているといった具合である。

梅木は、電話の万葉の意味をここで確実に実感として摑《つか》まえた。じつにおびただしい万葉歌の集合だ。歩けば必ず木のあるところにそれがある。

〝吾背子《わがせこ》を大和《やまと》へ遣《や》りて松し立《たた》す　足柄山《あしがらやま》の杉の木《こ》の間《ま》か〟

〝磯《いそ》かげの見ゆる池水照るまでに　咲ける馬酔木《あしび》の散らまく惜しも〟

〝奥山の八峰《やつお》の椿《つばき》つばらかに　今日は暮さね丈夫《ますらお》の徒《とも》〟

これらの万葉歌と樹木の間を歩いていくと、丘陵はしだいに斜面となり、水音が聞こえた。遊歩道につれてかなり下まで降りると、滝がかかっていた。十メートルぐらいの高さでかなりな水量がある。向かい側は露出した岩肌の崖で、その上に旅館が建っていた。渓流は大きな岩をいくつも置いて、白い泡を噴《ふ》いている。新聞で見た林田という男の死体は、おそらくこの辺で発見されたのであろう。ほかにきく人もいないので、梅木は散歩するような格好でぶらぶらと歩いた。

地形的に見れば、なるほど自殺者が死場所に選びそうなところだ。この公園はちょっとした丘陵になっているが、樹齢何百年と経っていそうな大木も植わっているので、さながら深山の趣きを呈している。樹林あり、奇石あり、渓流あり、それが一つ一つ万葉集に因《ちな》んでいるのだから、これくらい文芸的な自殺場所はない。自殺者はおそらく文学に趣味があったのかもしれぬ。

(いや、そんなことを考えてはいけないのだ。おれは自殺者を捜しにきたのではない。あの女にまつわる殺人事件として現場を見にきたのだ)

梅木は心にそう言いきかせた。

しかし、新聞によると、その男は睡眠薬の空瓶《あきびん》を残していたという。しかし、睡眠薬をほかの飲物に混ぜて、他人がさりげなくすすめるということもありうる。この場所なら、ビール一本ぐらいは飲みたくなるところだ。

飲まされた男は、ビールと薬とで意識朦朧《もうろう》となっている。それを女が摑まえて崖縁まで歩かせ、後ろから川に突き落とす。——これなら死体が上がっても自殺者と見られるわけだ。

だから、その凶行は昼間ではない。見たところ公園は、夜でも散歩できるように外灯がいくつも立っている。しかし、温泉町浴客で、夜ここにくるのは、あんがい少ないのではなかろうか。たとえいたとしても、二万坪にあまる公園では人の眼も届くまい。

梅木隆介は、男がビールを飲まされたと想像した場所に、コップの破片だとか、睡眠薬の飲み残しの一粒だとかいったものが落ちてはいないかと、眼を地上に這《は》わせながら歩いていると、草のあいだに小さな紙片の落ちているのが視線に止まった。

梅木はしゃがんで、それをつまみ上げた。鉄道切符の破片らしい。裂かれた部分がほぼ五ミリ平方ぐらいの大きさで残っている。

彼はそれを子細《しさい》に眺めた。まさしく二等切符だ。破片には左側に矢印の一部が残って、〝岩〟という字がつづいている。もちろん、〝岩〟という字が頭につく駅名だ。あとがなくなっているから、完全な駅名は判じがたい。

この切符の残欠が、この自殺事件に関係があるかどうかはわからない。この湯河原は、各地から集まってくる旅行者が多い。その客の一人が不用になった切符をここに破りすてていったとしても不自然ではない。梅木は、その付近の草の中を分けてみたが、切符の破片はその一片だけで、残りは見当たらなかった。

〝岩〟何というのだろう？　東京付近には〝岩〟という字が頭にくる駅名に心当たりがなかった。関西はどうだろうか。それと、東北、北陸だ。湯河原にはそうした旅行者も多い。駅名をいちいち調べてみるほかはないが、梅木は、あんがい、関係のないことにつまらない思考を費やしている気もしないではなかった。しかし、とにかくその切符の破片をポケットの手帳のあいだにはさんだ。

ほかにこれという発見もなかったので、彼はまた丘の斜面を上がって、この公園に建っている一つの建物の中にはいった。中には石器や土器などの考古学標本が並べられてある。その中に黒曜石が多いのは、湯河原がその有名な産地の一つであるからだ。

「さあ、気がつきませんね。」

と、年配の管理人は梅木の質問に微笑して答えた。

「そういう騒ぎは昨日の朝あったのですが、死んだ人を、その前に見たということはないのです。警察でもそれはきかれたんですがね。多分、夜ここにやってきた人じゃないですか。ここは四時かぎりで閉館になって私たちは帰りますから。」

「夜なんか人が来ますか？」

「温泉に来ている人はそう遅くまでいませんが、土地のアベックはよくやってきますがね。こんなふうに立派な公園ですから、夜間にアベックがはいってくるのは困りものです。」

そういう連中がここにくれば、その中に例の女と、自殺したと言われている男とが手を組んではいってきても、とくに奇異に怪しまれることはなさそうである。目撃者もそういう男女づれを普通のことのように見のがしてしまうであろう。

ここで梅木隆介は管理人から、自殺者が相当水を飲んでいたこと、警察の検視によって睡眠薬を服用していたことがわかったこと、遺体は知らせによって東京から当人の細君が泣き泣き引きとっていったという話などを聞いて、上代文学の香り高い公園の丘を降りていった。

2

東京に引きかえした梅木は新宿のM証券を訪ねて、自殺者林田庄三の住所を知った。彼は知人と名乗って証券会社できいてみたが、林田については自殺の原因がわからないという。当人の募集成績は優秀なほうで、勤務ぶりも悪い点はない。酒はかなり飲む。証券会社としては契約係が自殺したので、大急ぎで彼の契約関係に関する会計を調査したが、使いこみはなかったという。

「魔がさしたんでしょうね。」

と、答えた男もふしぎそうな顔で言うだけだった。

「女性関係はどうです？」

「さあ、今までそんな噂は聞かないんですがね。家庭も円満らしいですよ。」

その裏づけは、梅木が日暮里《にっぽり》にある林田庄三の家に行ったときも、その細君から同じ言葉を聞かされて一致した。

家は駅からかなり離れた住宅街だが、小ぢんまりとした構えである。梅木は知人と名乗って遺骨を包んだ白布も真新しい仏前に焼香を終わって、涙を押さえている痩せた細君から聞いた。

「遺書も何もございません。自殺したということがどうしても考えられないのです。その前に本人がそれらしいことでも言っていれば、思いあたらないこともないでしょうが、それがまったくないので、まるで夢を見ているようです。」

「ご主人は、今月は帰宅が遅れる日がつづいたとか、外泊がかなりあったとかいうことはありませんか？」

「いいえ、それはございません。ただ、主人は出張がありますので、そういうときはもちろん家には戻りません。」

「出張といわれますと？」

梅木の頭にはたちまち切符の破片が浮かんだ。

「お得意さんが都内だけに限らないのでございます。たとえば、前に東京におられた方が地方に転勤なさったりした場合、主人はそこまで追って取引をつづけておりました。その土地にもM証券の支店や出張所はございますが、主人の性格として人手に渡したくなかったのでございましょう。それは小さなお得意さんではなく、相手は大口ばかりでございます。」

出張旅費を使っても、相手が大口なら充分に採算が合うのだろう。

「では、出張先は各方面にわたるわけですね？」

「はい。東北のほうだと仙台まで。西のほうは京阪から広島あたりまで、足を伸ばすことがあります。」

「今月はどこに行かれました？」

「月の初めは仙台に行っておりましたが、つい一週間ほど前までは、広島に行って三日ばかり泊まり、帰ってまいりました。」

「その出張が、ある月には非常に多く、ある月には非常に少ないということはございませんか？」

「いいえ、それはございません。主人はだいたい月の半分をそういう遠い所で取引をしていましたから。……もう、それは三年もつづいています。」

梅木はその仏壇に飾ってある林田の写真をつくづくと見た。丸顔と、やや小太りのずんぐりした身体。これは浜田と、二年前に殺された村岡と共通な特徴だ。

「つかぬことを伺いますが、ご主人の顧客先《とくい》に楠尾さんとおっしゃる方はいませんか？元は華族なんですがね。」

「さあ、主人は帰ってからもあまり仕事のことは話しませんので、そういうことは、いっさいわかりません。」

「箱根にたびたびいらしていたようなことはなかったでしょうか？　いや、遊びではなく、あの辺は金持の別荘が多いから、商売上で行かれたこともあるでしょう？」

「とくにそれは聞いておりません。」

「ご主人は奥さんに箱根の話をなすったことはありませんか？」

「聞いたような記憶はありますが、それほど印象に残っていません。」

「ご主人が駅名で岩と名のつく地方に出掛けられたことはありませんか？」

「さあ。」

と、女房は首をかしげている。何をきいても要領をえない細君だった。あるいは、突然の不幸に気がぼんやりとしているのかもしれない。

梅木はいい加減に見切りをつけて、適当な挨拶をし外に出た。日暮里駅に出る途中で本屋に寄って時刻表を買った。ついている地図を電車の中でひろげて見た。これには、どのような支線の小駅名でもこくめいに記載されてある。

林田の細君が、一週間前に林田が広島に行ったという今の言葉を手がかりに、広島付近から駅名を捜してみた。すると、広島県ではないが、西の山口県に接したところに〝岩国〟という駅名が見つかった。

これだ、と思った。あの万葉公園に落ちていた切符は、無関係の他人のものではなく、まさに林田庄三が落としていったものだ。

（これは、少し考えなければならないぞ）

梅木は腕を組んだ。電車は鶯谷《うぐいすだに》を通過し、上野を発車し、御徒町《おかちまち》、神田と近づいている。

（林田は広島に出張と言ったが、彼は岩国まで行ったのだろうか。破り捨てられた切符は、岩国が到着駅になっている。いや、それはおかしい。それでは彼は切符を渡さずに降りたことになる。）

この切符はどうして改札口に渡さなかったのであろうか。それが残っているのはどのような理由からか。

ここで彼は、自分の経験を思いだした。切符がポケットに残っているのは、それが乗換えの場合である。たとえば、林田はある駅から乗って岩国まで買い、今度は岩国から東京行の列車に乗った。こういう場合は切符が二枚になるわけだ。つまり、岩国―東京間は降りるときに改札口に渡すが、岩国までの切符はつい渡す必要のないままにポケットの底に残っていることが多い。――だから、この切符は下りではなくて、上り列車の切符であろう。岩国の先のある駅から岩国までの切符ではないか。林田庄三は岩国で乗りかえて東京に帰ったのであろう。東京から岩国まで往復切符が買ってあったと考えれば、筋が通るのである。

3

梅木は、神田で乗りかえて中央線で新宿に戻った。またM証券の窓口に顔を出した。さっき会った人が机から立って、梅木のところに来てくれた。

「つかぬことを伺いますが、林田さんの顧客先《とくい》が広島にあったそうですが、ほんとうですか？」

「ええ、それは実際です。広島に本店を持っているある会社の社長が林田君の顧客でしてね。契約はその社長がこちらの支店に来ていたときでしたが、以来、社長は広島に引っこんだままなので林田君が行っていたんです。電話でも連絡してますよ。」

「一週間前に広島に行ったというのも、その用件ですね？」

「そうです。そのほか関西などもよく行っております。」

「そういうことは、各地の支店や営業所で扱わないのですか？」

「やっぱり当人の成績に関係しますからね。いちおう業務は、その管轄の支店なり営業所なりが扱う建前になっていますが、契約係は歩合制度なので、どうしても自分で前からの客は継続したがります。成績にも関係しますから。」

「林田さんの客のなかに、楠尾英通という人はいませんか？」

「さあ、それはカードを調べないとわかりませんがね。」

「ご面倒でも、ちょっと調べていただけますか？　じつは、その件が林田さんの自殺に関係があるように思われますから。」

その一言で、係りは面倒な仕事を引き受けてくれた。

「ああ、それからもう一人います。それは山辺菊子という婦人ですが、それもあったら見てください。」

四十分ばかりその店先で待たされた。係りはやがて、疲れたような顔で戻ってきた。

「楠尾さんというのはございません。しかし、山辺さんならありましたよ。」

「ほう。」

梅木は眼を輝かした。やっぱり手がかりはあった。

「山辺さんとは、古い取引ですか？」

「そうですね。カードによると、三年ぐらい前からつづいているようです。」

「取引高は相当多いですか？」

「いや、それほどでもありません。まあ、小口のほうでしょうな。」

「山辺さんのことで、林田さんはよく箱根に行っていましたか？」

「箱根ということはとくに聞かないようです。山辺さんの家は、カードによると麹町《こうじまち》になっておりますから、そっちのほうに伺っていたのではないでしょうか？」

「それでは、もう一つ伺いたいのですが、お忙しいところ恐縮です。林田さんは山口県の岩国の先に行ったということはありませんか？」

「山口県ですって？」

係りは初めて聞いたような顔をした。

「いいえ、それは知りませんな。あっちのほうには、林田君の用事がないはずですがね。おかしいですな。」

「広島から少し行った先に岩国という駅があります。その岩国から先のどこかの土地に行っていた跡があるんですが、それはどうでしょうか、わかりますか？」

「そういうことは、私にはわかりませんね。しかし、もしあったとしても、林田君の私用ではなかったでしょうか？　契約の用事では思いあたりません。」

梅木隆介は、M証券を出た。

彼は額の汗をぬぐった。

もう夕闇がせまっていた。

林田が岩国から先に行ったのは社用ではなかったという。それなら、彼は私用で広島から先を往復していたことになる。

岩国付近に何があるのだろうか。岩国といえば、誰でも知っているように錦帯橋《きんたいばし》で名高い所だ。戦時中は海軍の航空隊があり、戦後はそこが自衛隊の航空基地になっている。

梅木隆介は咽喉《のど》が渇《かわ》いたので喫茶店にはいり、ジュースを飲みながら、もう一度時刻表を開いてみた。

すると、急行ばかりを集めている欄の山陽線を見ると、岩国にはあんがい普通急行が停まることがわかった。

林田は上りにこの岩国までの切符を使っていることは確かだから、岩国に停車する列車を調べてみよう。岩国から東京までだと、急行以外にはまず乗らないという想定のもとだ。それに、夜の列車を選んで東京に朝着くのが普通だから、その時刻からみることにした。

すると、東京着九時三〇分の〝あさかぜ〟は岩国には停まらない。次の特急〝はやぶさ〟は東京着一〇時〇五分で、これは岩国に前夜の二一時一二分に停まっている。次の熊本発の急行〝阿蘇〟も停まる。あとは二本の特急は停まらず、〝はやとも〟〝雲仙〟と普通急行は停まる。

そこで考えられるのは、これらの特急なり急行なりの岩国以前の停車駅だ。これは特急の場合は徳山《とくやま》となり、普通急行の場合は光《ひかり》という駅になっている。この二つの駅は近接している。もしかすると、林田は徳山と三田尻《みたじり》、光の中間駅に降りたのではなかろうか。急行も停まらないくらいだから小さな駅にちがいないし、降りた所も寂しい町であろう。まず、この推定は変わるまい。

つまり、林田は上り列車に乗るとして、岩国寄りに近い急行無停車駅から普通列車に乗って岩国までの切符を買い、今度は岩国から急行なり特急なりの切符を買って帰京したのだ。だから切符は二枚となるが、東京駅で降りたとき手渡したのは岩国―東京間の切符だけである。この場合、林田は東京から岩国までの往復切符を買っていたとみるのが適切のようだ。

これは、推定だが、間違いあるまい。

岩国と徳山、光間の駅といえば、岩国側からいって、南岩国、藤生《ふじゅう》、通津《つづ》、由宇《ゆう》、神《こう》代《じろ》、大畠《おおばたけ》、柳井《やない》港《みなと》、柳井《やない》、田布施《たぶせ》、岩田《いわた》、島田《しまた》、光《ひかり》の順である。

ただし、この中で徳山に近いほうは、人情としてそっちの駅から乗るであろうから、まず、この中間から岩国寄りの小駅に林田は用があったとみなければなるまい。

なんのためにこのような所に行ったのか。それは社用ではなかった。その直後に林田が殺されたとみられるから、この旅行が彼の命取りになっているのではなかろうか。

すると、林田の切符を細かく裂いたのは、林田と当夜万葉公園で過ごした相手ではないか。ちぎった破片はほとんど相手が持ち去ったが、その洩れた一枚がいま梅木の手にある残欠ではないだろうか。

　梅木は、例の女が西からくる列車に乗っている幻想をそこで夢みた。

4

　梅木は麴町にタクシーを飛ばした。いちおう、山辺菊子に会っておかなければならないのだ。

　以前に一度来たことがあるので、その玄関に車を横づけにして、ベルを押した。断わられるのは予期したが、今夜は強引に菊子に会う覚悟だった。

　玄関が開いて顔をのぞかしたのは、意外にも、主人である菊子本人であった。女中が用足しにでも行って留守だったのかもしれない。

　山辺菊子は梅木を見て眼をむいたが、たちまち嫌悪《けんお》の表情を露骨に現わした。

「奥さん、この前は失礼いたしました。」

　梅木が挨拶しても、菊子は返事もしない。黙って奥へ引っこみそうになったので、梅木はあわてて言った。

「すみません。ここで結構ですから、ほんの二三分間だけお話ししたいのですが。」

「あなたとお話しすることは何もありません。」

彼女は切り口上で言った。

「まあ、そうおっしゃらずに。……ちょっとお伺いすることがあるんです。」

「なんですか？」

こわい顔をして菊子は向きなおった。その表情に警戒と憎悪とが浮かんでいる。

「簡単に申します。奥さんはM証券とお取引がありますか？　M証券の新宿支店です。」

山辺菊子の顔が瞬間に動揺した。咽喉《のど》が唾《つば》をのみこんでごくりと動く。

「ええ……ないことはありませんが。」

と言ったが、たちまち形相を変えて、

「そんなことまで、あなたは調べてるんですか？」

と嚙《か》みついてきた。

「いや、調べているわけではありませんが、ぼくの友人がそこに勤めていて、つい先日、湯河原で死体となって出てきましたのでね。」

「知りません。わたしに関係のないことでしょう。」

菊子は逃げを打った。

「奥さん、そうはいきません。自殺した男は林田庄三というのです。奥さんの係りをしていたそうですよ。」

「さあ、名前はなんというのか知らないけれど、証券会社の外交員は、しじゅう、入れかわり立ちかわり来ましたからね、いちいち、覚えていませんよ。」

「そんなはずないでしょう。M証券ではここ三年来、林田が奥さんの係りをしていましたから。」

「………」

「そのことについて、奥さん、ほんの五六分でいいです。お宅に入れてくれませんか？こんなところで話していると、誰に聞かれるかわかりませんからね。」

梅木は閉じかけた扉のあいだに、素早く、片足を入れた。

死を呼ぶ女

1

山辺菊子は、侵入してきた梅木を睨《にら》んだ。

「すぐに帰ってください。帰らないと、一一〇番を呼びますよ。」

「一一〇番？」

梅木はあざわらった。

「パトカーをお呼びになるなら、どうぞご自由に……しかし、奥さん、それではあなたのほうが、かえって困ることになりませんか？」

「なんですって？」

「証券会社の林田君をどうして湯河原の万葉公園に呼びだしたんです？」

「誰が？」

と言いかけて、菊子はすぐに言いなおした。

「なんのことをおっしゃっているんですか？」

菊子の顔色は変わっていたが、かつての上流夫人としての威厳をまだ保っていた。

「あなたのところに出入りしていた証券会社員を呼びだしたのは、あなたと楠尾さんと共通の友だちの女性です。」

「なんの証拠があって、そんなことをおっしゃるんです？」

「なるほど、証拠はない。が、警察があなた方を追及することで、それは出てくるかもしれませんよ。」

「とんでもない。言いがかりです。」

「では、ききます。林田君はなぜ山口県下に旅行に行ったんです？」

菊子に大きな動揺が起こった。それは彼女の努力でも制止できないような激しいものだった。この不意の一言が、山辺菊子の肩をふるわせ、息を大きく吸いこませた。

「ぼくは、そこまで知っていますよ。」

と、梅木は心の中で凱歌《がいか》を唱えた。やはり現場に落ちていたあの切符の破片は、間違いなく証券会社員林田庄三のものだったのだ。

「奥さん、ぼくはべつにここで乱暴を働こうというつもりはありませんし、そんな男でもないのです。静かに話しあっていただければ、それで結構です。」

「五六分でしたね？」

ついに山辺菊子は折れて出た。

「お上がりなさい。」

彼はいつぞや来たことのある応接間に通された。例の退廃した外国趣味のあふれている部屋だった。

茶の支度をしているらしい彼女の姿のない間、梅木は壁の洋画を眺めていた。なんの変哲もない図柄だ。この前来たときもそれは見ている。

十号ぐらいの大きさで、西洋の民家の石造りの壁に夕陽が当たっていた。その前には川が流れ、木の橋が架かっていた。古い画風で、全体が十九世紀風の茶褐色で仕上げられているが、これも菊子の外国生活の名残りだろう。

反対側のマントルピースの上には、やはりこの前見たと同じ大礼服の写真と、羽織袴《はおりはかま》姿の老人の写真が並んでいた。老人は、きびしい眼で梅木を見つめている。頬骨が高く、面長な特徴のある顔であった。梅木は、その鼻すじと口もとが誰かに似ていると思い、しばらくして、それが山辺夫人であることに気づいた。

このとき、菊子の足音が聞こえたので、梅木は椅子に戻った。

2

「あなたはなぜ、そんなにあの女《ひと》のことばかり追っているのですか?」

菊子はじっと梅木をみつめた。その表情には、先ほどの動揺の代わりに、覚悟の色のようなものが浮かんでいた。

「たいへん不思議な事件に、その女《ひと》が関係しているからです。」

と、梅木は答えた。

「ぼくが知っているだけで、三人の男が、彼女のために不幸な死を遂《と》げています。これは市民として見のがすわけにはいきません。」

「警察官でもないあなたがご自分の仕事を放擲《ほうてき》して、そんなことをなさる理由を聞きたいのです。」

菊子は、顎《あご》をぐっと引いてきびしい眼で梅木を見た。

「警察は真相を知らないから、ぼくがやっているんです。三つの事件とも、それぞれ捜査はあったでしょうが、一人の女が中心になっている連続殺人ということに、ついに警察は気がつかなかったのです。」

「あなたはそれをどこまで知って言ってるのですか? めったなことは言わせませんよ。」

菊子は詰めよった。

「ぼくは警察官ではないから、証拠を摑むということはできません。しかし、いろいろな条件が重なりあっていれば、当然、そこに大きな疑惑を感じます。証拠は捜査の上で握れるでしょう。市民には捜査権はありませんからね。その道の専門家がやれば出てくると思います。」

「では、あなたは警察にどうして訴えないのですか?」

「訴えてもいいのですか?」

「わたしにその意見を求められる前に、あなたの気持を知りたいのです。あなたは前にその女の人と会っての印象から今度の行動に出ているわけですね。だから、あなたの行動の動機となっているその印象を知りたいのです。」

「そうですか。」

梅木隆介は、貴族の名残りを持っている年老いた菊子の顔を凝視した。

「では、言います。……ぼくはあの女《ひと》に興味を持っています。」

「興味?」

「という言い方が悪かったら、ぼくはあの女性にもう一度会いたい気持でいっぱいです。これはどうしても会いたいのです。」

「なぜですか?」

「好きになったからです。」

「あなたは一度会っただけで、その女《ひと》に愛情を感じたのですか？　考えられませんわ。」

「ぼくはそういう古風な性質《たち》です。奥さん、ぼくはあの女《ひと》にどうしても会いたい。その結果しだいでは、ぼくがこれまで調べてきた途上で持った疑惑は、いっさい自分の心の中に秘めておいてもいいのです。」

「………」

菊子は黙った。

「奥さん、あの女《ひと》に会わせてください。いま、どこにいるんですか？」

「それは言えません。」

「言ってください。こうして奥さんに会うのも、並大抵のことではなかったのです。ぼくにとっては、こんなことをお頼みするのは、めったにないチャンスだと思っています。」

「お会いさせると言ったら？」

「それだけで充分です。ほかに何も言いません。」

「不思議な方ね。」

菊子は、梅木のひたむきな熱情におされたように、はじめて肩を落として溜息《ためいき》をついた。

「奥さん。ぼくは、あの女《ひと》が世間にざらにいる女の人と違っているところに魅力を感じているのです。ぼくは退屈な女には飽き飽きしています。あの女《ひと》に近づいた男は、必ず不幸な死を遂げているところにも、ぼくは言いようのない興味を感じるのです。」

「あなたの誤解です。」

と、菊子はさえぎった。

「いいや、奥さんのその言いわけはぼくには通じません。まあ、それはどっちでもいいんです。ただ、これだけは信じていただきたいのです。それは、ぼくがあの女《ひと》を初めて見たときから、彼女の魅力に囚《とら》われたのだということです。殺人事件のことはそれからの興味でした。いいえ、むしろかえって、そんな殺人が彼女のぐるりにつづいて起こったことによって、ぼくの彼女に対する愛情は倍にも三倍にもなってしまいました。」

「不思議な方ね。」

「奥さん。ぼくは、今日はここから梃子《てこ》でも動きませんよ。あなたは一一〇番を呼べないはずだ。また楠尾さんに電話をしてもむだであることも知ってるはずだ。お願いです。彼女の居場所を教えてください。」

「…………」

「湯河原の万葉公園で殺された証券会社の社員は、たしかに彼女の謎の一部をのぞいたと思うのです。彼の不思議な広島出張の謎がそれでした。同じことは、ほかの二人の犠牲者についても言えるにちがいない。」

「…………」

「彼らはあの女《ひと》とある時期に交渉をもった。だが、彼らは、その恋人の実体を知らなかった。そこで、もっと知りたいという好奇心が彼らに湧いたとしても不思議ではないのです。その結果が自分の生命をほろぼす結果になったのでしょう。」

「お伽噺《とぎばなし》ですわ。」

「かもしれません。たとえば、ぼくは彼女に会おうとしている。あなたは会わせるかもしれない。だが、その結果、ぼく自身が同じように生命を落とすかもわかりません。だが、それでもいいのです。ぼくは、その女《ひと》を知るためには死んでもかまいません。どうせ退屈なサラリーマンでいても大したことはありませんからね。出世の見込みもないし、金持になる気づかいもありません。一世一代のロマンスのためにここで死んだとしても、停年後のおいぼれた身を細々と生きさらばえているより、ずっとすばらしい。」

「若いくせに、そんなに退屈してらっしゃるんですか?」

「若いから、と言いなおしてください。」と、梅木は言った。

「若いから退屈しきっているのです。」

菊子はうつむいて考えていた。両肩に力がみなぎっている。一心に考えているところがみえた。梅木は瞬《またた》きもせずに彼女の様子を見まもっていた。

「少し、お待ちください。」

顔を上げて菊子は言ったが、その頬は充血していた。

「はあ。」

「ある方にご相談しなければなりません。そのうえでご返事しますわ。」

うす茶の着物につつまれた菊子の身体が、部屋の外に消えた。

梅木はたちあがって、応接間のドアを音のしないように少しあけた。

電話をしている菊子の声が微《かす》かに聞こえている。言葉の内容はわからなかったが、菊子は誰かに相談しているのだ。相手は楠尾英通であろう。ほかに考えようがない。

電話はかなり長かった。梅木がどのように耳を立てても話の内容はわからない。彼女の声は、相手の意見も聞くかのようにときどき沈黙した。

ようやくその電話もすんだらしい。梅木は元の位置に戻った。

やや蒼白くなった菊子がはいってきた。

「梅木さん、あの女《ひと》のところにお供しますわ。」

「なんですって？」

梅木のほうがびっくりした。

「どうしても会いたければ、彼女に会わせます。」

菊子は梅木を見ないで、壁の洋画に向かって遠い眼つきをし、ぼんやりした表情でいた。

3

「あのひとは、どこにいるんですか?」

菊子とタクシーに乗って、梅木隆介はきいた。

「行けばわかりますわ。」

梅木は煙草の煙を吐いた。こうなると、あまりさからわぬほうがいい。

菊子が運転手に命じた行く先は、日本橋だった。

日本橋?

では、あの女はあのへんにあるオフィスのどこかで働いているのだろうか。菊子の様子から察すると、べつに嘘を言って連れだしているようでもなさそうである。しかし、油断はならなかった。気にかかるのは先ほどの菊子の電話だ。

あれは楠尾英通との打合わせだとわかっているが、菊子は楠尾からこまごまとした指示を受けたに違いない。

こっちの追及が避けきれずに、ついに本人を見せるところまで追いこまれたのであろう、と梅木は自負した。

彼らがその決心になったのは何か。やはり湯河原の殺人現場の跡で拾った〝岩国〟の一枚の切符の破片のことだろう。あれから手繰《たぐ》っていった事実にこそ、予想以上に彼らに衝撃を与えるものがあったものと思われる。

（しかし、用心しないといけない。うかうかすると、こちらまで消された連中の二の舞にされかねない）

梅木は、横の菊子の様子に警戒をゆるめなかった。


その菊子は、上流階級の生活を長くつづけてきた習性の名残りとでもいったものを毅然《きぜん》とした態度にみせていた。先ほど梅木隆介が放《はな》った一語で受けた打撃も、今は跡かたもなく消えて完全に立ち直りを見せているように思えた。やはり、こういう女は苦手である。

梅木はしばらく無言で車の走るのに任せた。

あたりは夜で街には灯がはいっていた。信号機の赤い色も冴《さ》えていた。その信号が日本橋近くの交差点で、車の進行をさえぎったとき、

「日本橋はどちらですか？」

と、運転手が背中からきいた。

「木場《きば》のほうに行ってください。」

木場？

梅木隆介は、木場に彼女がいるのか？　と思った。

しかし、梅木は黙っていた。そのかわり、車がしばらく走ってから、彼はようやく念願の質問を出した。

「奥さん、あのひとの本名はなんというんですか？」

菊子の頬がこわばった。それに梅木はつづけた。

「あなたは前にみゆきさんと言われた。それは本名なのですか。」

「…………」

「姓がまずかったら、それは教えてくださらなくてもいいです。いつぞや載っていた新聞の写真を見ても、あのひとが楠尾さんやあなたと同じ階級の世界に住んでいたか、あるいは、現在も住んでいるかぐらいの見当はつきます。また、もしかすると、あなた方は友だち以上の間柄かもしれません。だが、それはきかないことにします。ぼくはただ、あのひとに会えばいいのですから。」

「…………」

「しかし、名前がわからないではなんとも呼びようがありませんからね。まさか、当人に会ってから、あなたはなんと言いますかとはきけません。お願いです。名前を聞かせてください。」

菊子がふいと口を開いた。

「そうです、みゆきです。」

「やはり……？」

梅木は、みゆきという名前を口の中で呟《つぶや》いた。本名でないかもしれない。しかし、それで通じる名前だとすると、かつては、その名前をあの女が持っていたことがあるとみていい。

「梅木さん。」

菊子が言った。

「あなたにお願いがあります。」

「は、なんですか？」

「みゆきさんを救いだしてほしいのです。」

「なんですって？」

梅木は眼をむいた。菊子はやはり陶器のように無表情でいる。

「救いだせとおっしゃいましたね。どういう意味ですか？」

「彼女は、あるゴロツキに監禁されているのです。」

「…………」

梅木は声が出なかった。

「場所は教えます。その代わりあなたが巧《うま》く助けだすのです。」

「わからない。」

と、梅木は首を振った。

「なぜ、そんなゴロツキに彼女は囚《とら》われているのですか？　家出娘ではあるまいし。」

「事情があるのです。わたしの口からは話せません。それは、あなたが彼女を救いだしてから、直接にきいてください。」

「わかりました。」

梅木は大きく息を吸った。

「そこにはたくさんの仲間がいるのですか？」

「仲間というより子分でしょうね。危険を覚悟してください。」

「ど、どういうやつです？」

さすがに緊張が彼を襲った。

「当人は興行師です。」

「なるほど。」

「それも名のある芸能人を持っているわけではありません。三四流どころのストリッパー、浪花節《なにわぶし》、漫才師、手品師、三文芝居……そんな連中を取りあつかっているのです。」

「田舎の町によく見る、ドサまわり専門のやつですね？」

「そうです。ですから、当人は安アパートに住んでいます。まるで安サラリーマンか、日雇《ひやとい》が借りているような所です。彼女は、そこに、その親分と住んでいます。」

「そこがその男の住居ですか？」

「違います。その男は商売柄いろいろと女関係があるので、奥さんの眼をのがれるため、わざとそうした安アパートを借りているのです。それと、やはり敵がありますから、そういうアパートにしたのでしょうね。そこだと、まさかそんな所にいるとは考えませんからね。本当の住居は浅草《あさくさ》の聖天町《しょうでんちょう》です。表は格子《こうし》造りで、毎朝、奥さんが癇性《かんしょう》なくらい入念に戸を磨いています。この女《ひと》は元花柳界の出身です。」

「救いましょう。しかし、そんな子分は、どうしてアパートにいっしょにいるんですか？」

「部屋が違うのです。」

と、菊子は答えた。

「ああ、なるほど。」

「子分たちは、親分の部屋を中心に、三つばかり違った部屋を借りています。彼らは女房や情婦と同棲しています。しかし、絶えず眼はみゆきさんの動静を監視しているのです。」

「しかし、不思議ですね。そんなに監視の眼がありながら、どうしてみゆきさんは湯河原あたりに現われたのですか？」

「不思議ではありません。」

と、菊子は梅木の単純な疑問をわらうように言った。

「その親分が横についていればね。」

4

車が狭い路地にはいった。そこは〝木場〟と石に彫った標識を過ぎて百メートルあまりだった。

「ここから先、わたしは行きません。」

と、菊子は威厳をみせて言った。

「ここを降りてまっすぐに行くと、五十メートルばかりで角にポストがあります。それを右に曲がってください。小さな旅館が一軒ありますが、その筋向かいに、いま言ったアパートがあります。二階ですが、角から二つめの部屋が彼女のいるところです。

窓に明かりが射しているから、彼女だけがいるのか、またはその男がいっしょにいるのか、わかるはずです。」

「子分は?」

「その部屋のすぐ下と、二階の片方の端と、その下にいるはずです。階段は一方口ですから、そこで見張っているはずです。」

「わかりました。」

梅木は、車から降りた。

「あなたは、ここで待っていますか？」

「待たないほうがいいでしょう。勝手にタクシーを拾って逃げてください。わたしの姿が彼らの眼につくと面倒です。」

「みゆきさんをあなたの家につれていけばいいですか？」

「お任せします。」

お任せする……梅木はじっと菊子の無表情な顔をうかがったが、その言葉から梅木に対する彼女の意思を知った。これは、勝手にしていいという謎である。

梅木は歩いた。後ろで菊子のタクシーがバックする音が聞こえた。旅館がある。あたりはうら寂しい町で、不景気そうな店がいくつか並んでいるだけだった。その旅館も表にかたちばかりの門が付いている安宿だった。

彼は歩いた。なるほど赤いポストが見える。魚屋と豆腐屋のあいだに細い路地があった。梅木がのぞくと、暗い中に二階造りの灯がこぼれていた。

梅木は道路に立って、一度そのアパートの前を行きすぎた。ひどい建物で板壁が剝《は》げて、壁土が見えている。玄関も経木細工が古くなったように板が剝がれ、下のコンクリートに割目がはいっていた。戦後まもなく建ったアパートが、修繕もされないまま、風雨に朽ちはてているといった格好だった。

梅木は、その路地をまっすぐに歩いて、先が行き止まりになっていることを知った。逃げるとなると、地形を充分に頭に入れておかなければならない。しかし、うまい場所を見つけたものだ。逃走路は一方しかない。

彼は引きかえした。菊子に教えられたとおり、二階の端から二番めの部屋をたしかめた。灯《ひ》が点《つ》いている。しかし、人影はなかった。

彼はアパートの前が暗いのを幸い、煙草を吸いつけて佇《たたず》んでいた。突き当たりが袋小路なので、通行人もいない。

五分ばかり待ったが、窓にはまだ影が映らなかった。日雇のような男が三人連れで梅木隆介の前を通った。彼は顔をそむけたが、男たちは、アパートの汚ない玄関にはいっていった。

梅木の心臓は、ひとりで高鳴ってきた。

あの女は、どういう性格なのか。ここでもまた、一人の男と同棲している！

女の影が、その窓に映った。今まですわっていたのが立ちあがったという感じで、半身がかなりはっきり現われた。すらりとした姿だ。あの女だと思った。

その影は右に行ったり、左に行ったりしている。用事をしているらしい。やがて、その影もうすくなって消えた。電灯の向こうに行ったものらしい。だが続いて予期される男の影は出なかった。

また女の影が戻ってくる。と思ったとたん、その窓ガラスがふいと開いて、窓辺《まどべ》につった綱の上に手ぬぐいのようなものを干しかけた。梅木は素早くあたりを見まわした。子分の部屋という窓には影がない。

「みゆきさん。」

彼は女に声をかけた。

胸がどきどきした。その声を聞いて、別な男が彼女の後ろから現われるかもしれない危険があった。子分の部屋からも誰かがのぞきそうである。しかし、危険を承知でそう叫ばないと、女はその窓を永久に閉ざしそうである。また、その叫び声で彼女の男がいっしょに居るかどうか判断ができるのだ。

あの女の手がふいと止まった。こちらから見て電灯を背にした濃い影絵になっているが、よそから射す淡い光がその頰に当たっている。間違いなく〝彼女〟だった。やっと、ここであの女に会えた。

女は、道路に立っている梅木をじっと見ている。訝《いぶか》っているような、また警戒しているような姿だ。梅木の顔も暗い所に立っているので、彼女にはわからないのである。

「一人ですか?」

梅木はつづいてきいた。

しばらく様子をうかがった。誰かが飛び出てきたら、駆けだすつもりだった。その現象は起こらなかった。あの女は一語も発しないで、じっと梅木をみつめている。梅木は少し明かるいほうに出て、窓に向かって手招きした。

女に初めてためらいのようなものが見えた。それは、そこに立っている男が誰であるかを知ったからだ。

梅木は玄関に大股《おおまた》で歩いた。躊躇《ちゅうちょ》なく中にはいり、腐れかかった木の階段を上がった。二階の廊下もひどい。板が浮いているし、両側には七輪や釜が出ていた。炭の粉が散っている。

ふいと眼の前に男が現われたのでどきりとしたが、梅木には見向きもしないで行きすぎた。その男の飛びだしてきた部屋が違っている。

梅木は見当をつけた部屋の前に立って、すりガラス戸を思いきってあけた。

「あ。」

あの女が立ちすくんでいた。

無我夢中だった。とにかく、彼女の手を引っぱるようにして逃げてきた。そこは、ひどく材木ばかりを置いた町であった。

現実とは思えなかった。すぐ自分の横に、捜し求めていた女が歩いている。女は黒いセーターにグレーのチェックのスカートをはいていた。前掛けをはずして、乱れた髪をかきあげている。まるで彼女に意思がないように梅木についてきていた。

梅木は何度も後ろを振りかえった。誰も追ってきていない。夜というのが思わぬ盲点を突いたのだろう。向こうにも油断があった。

「みゆきさん。」

梅木は川のほとりに出て立ちどまった。おびただしい材木が黒い川の両岸に立てかけてある。いざというときは、この材木の陰に隠れるといいと思い、その見当までつけていた。

「しばらくでしたね。」

女は黙ってうなずいた。

「山辺菊子さんから、あなたのいる所を聞いたのです。このままぼくといっしょに逃げましょう。あなたは、あのアパートに変な男のために監禁されてるそうですね。」

「菊子さんがそう言いましたか？」

久しぶりに聞く声だった。この声を初めて聞いたのは所沢街道だった。殺された浜田弘と車の中で交わしていた、あの声である。

「そうです。……しかし、これはぼくが菊子さんをいろいろと責めてきいたことです。」

梅木は言った。二人はどちらからともなく川のほとりの石の上に腰をおろしていた。ついに追手《おって》はこなかった。

材木問屋の大きな家並が黒い影になって連らなっている。すぐ下の川面には上げ潮とみえて浮流物がゆっくりと動いていた。

「どうして、わたしにそんなに興味をお持ちになるんですか？」

みゆきは放心したように、顔は材木屋の屋根に向かったまま、きいた。

「あなたが好きだからです。」

「……………」

「いつぞや、ぼくの車に浜田という人と乗りましたね。あれ以来、あなたが忘れられずにアパートまで押しかけていったことがありました。あの追跡をまだやっていたのです。」

「わかりませんわ。わたしには、あなたがなぜ、そんなに強くわたしに惹《ひ》かれてらっしゃるのか……。」

「まあ、一口にいって、あなたが謎の女だからでしょうね。」

「……………」

「それに、ぼくがあなたを追跡しているのは、ほかにも理由がある。」

みゆきの顔がびくりとふるえた。

「だからといって、ぼくはあなたのまわりにいた少なくとも三人の男が不思議な死に方をしていることを追及しようとするのではないのです。言ってみれば、それは警察の捜査というきわめて索漠《さくばく》とした現象ですからね。だが、ぼくにはそういう運命に男をおとしいれたあなたに、よけい興味を覚えているのです。」

「……………」

「今もあなたは、どこやらのヤクザといっしょになっている。ぼくは、そういう女性をはじめて見ました。軽蔑の意味ではないのです。退屈なぼくの生活に、あなたのその行動が大きな魅力になっているのです。」

みゆきは、じっと材木問屋の黒い屋根に眼をそそいでいた。ひとりでしゃべっていた梅木が、彼女のその熱心な視線に気づいたとき、彼もまた山辺菊子の応接間にかかっていた一枚の油絵を思いだした。外国の郊外風景で、石造りの民家が描かれている。あの風景画と、いま眼の前に見えている〝木場〟の材木倉庫の家並とが、どこか似通ったところがある！　このとき、梅木隆介の背中はふいに押されて前に突きだされた。

梅木の眼に黒い川が大きく迫ったと感じたとき、その知覚は水の中にあった。

白壁《しらかべ》と川のある街《まち》

1

梅木は、アパートで山口県の地図を買ってひろげた。——

こうなれば意地である。苦労して連れだしたあの女だったが、木場のあたりで話しているとき、不意に梅木だけ水の中に突き落とされた。もう少しで女の告白が聞ける寸前だった。

冷たい水にふるえて石垣から道に這いあがると、案の定、女は逃げている。彼を川に放りこんだ犯人はわからない。女もあの奇怪なヤクザのところに戻ったかどうかはっきりしない。梅木には、自分を後ろから川につき落としたのがそのヤクザとは違うような気がする。別な人間だろう。

こうなれば、是が非でもあの女の秘密を突きとめずにはおくものかと思った。山口県の地図をひろげたのは、湯河原の万葉公園で拾った切符の破片からである。あの外交員の岩国行きは、あの女の秘密を確実に嗅《か》いできたと思われた。

切符の破片には〝岩〟の字だけが残っているが、これは岩国と推定して間違いない。問題はそれから先の地点だ。地図には急行の停まりそうな大きな駅としては、岩国から西に向かって光、徳山である。

もし、あの外交員が徳山以遠から乗ったとすれば、切符に〝岩国〟がついているはずはない。これは前にも考えたとおりだが、推定としては、岩国—徳山間の各駅のどこかに、殺された外交員は行ったのだ。そして、彼の降りた土地に、あの女の秘密がある。

岩国から徳山までは、海岸沿いの本線と、山の中を走る岩徳線《がんとく》とがある。梅木は迷ったが、岩徳線ではあまり山間僻地《へきち》を走りすぎて、これという大きな町はない。

一方、本線の海岸沿いは、由宇町、柳井市、光市、下松市《くだまつ》とわりと小都市がつづいている。

これは夢のような探険に似ているが、梅木隆介はその晩の列車でとにかく岩国まで行ってみることにした。目的を果たすまでどのくらいの日数がかかるかわからないが、会社には主任に一週間の休暇を頼んだ。

「どこへ行くんだね？」

主任はきいた。

「じつは、郷里《くに》でぼくの縁談がはじまったんです。」

梅木は頭をかいて言った。

「それで、ついでですから、親父の墓参などすませて帰りたいんです。」

「墓参は二の次だろう。」

主任は笑った。

「そりゃ、めでたいことだ。やっぱり奥さんをもらうには、都会の娘さんより田舎の人がいいよ。ゆっくり行っておいで。」

2

その夕方、梅木は東京駅から急行に乗っていた。

久しぶりに長い旅に出た。梅木はまだ大阪以遠には行ったことがない。謎の女を訪ね、未知の土地を踏むというのはなんとなく詩のようなロマンを感じる。しかし、その〝謎の女〟の皮膚の下には異様な血が流れている。そのために三人の男が彼女の犠牲となっているのだ。梅木は興奮して容易に眠れなかった。それでも、熱海を過ぎたころから窮屈な座席でウトウトした。急に思いたったことなので二等寝台車も取れなかったが、それでも昼間の疲れで、堅い座席でいつか熟睡した。

耳に「名古屋、名古屋。」と呼ぶ声を聞いた。京都通過はおぼえず、大阪では騒がしい声で眼をさました。それも、わずかの間で、神戸の灯を見たあたりからまた眠りはじめた。その眠りの中で「福山、福山。福塩《ふくえん》線乗換え。」という声を聞いた。駅員の深夜のゆるやかな連呼は、子守唄のようによけいに眠りを誘うし、旅路の感傷がある。

やがて夜明けがはじまった。窓を見ると、海の上に乳色の薄明があった。島が藍《あい》色の影になって浮かんでいる。夢のつづきであった。

岩国に着いた。

さて、これからだと思った。湯河原の万葉公園で殺されたM証券の契約係、林田庄三は、ここまでの切符を持っていた。梅木も内海の詩ばかり味わってはいられない。

この急行は、由宇、柳井を通過し、光に着いた。次が徳山である。

梅木は光市の街を歩いたが、商店街はまだ戸をあけたばかりだった。人通りも少ない。町にはこれという特徴はなかった。ただ、家並の後ろに松林がつづいていた。

梅木は海岸のほうに行ってみた。どうせここまで来れば、見物をかねてという気持もないではない。

海岸はすばらしかった。長々と延びた白い海岸線には、松が掩《おお》うようにかぶさっている。陽はようやく上にあがり、その刻々の光の変化につれて、島の明暗が違ってきている。

梅木は昼まで光市で過ごし、次のローカル列車で柳井《やない》に行った。柳井市は降りただけで旧《ふる》い町だと知れた。さっきの光市が新しいだけに対照的である。彼はぶらぶらと道を歩いた。予感というものは妙なもので、どうもここに湯河原で殺された証券セールスマンが来たような気がする。

そう思って見ると、狭い通りを歩く女性の中に〝あの女〟がいるような気がして、梅木は瞳を忙しく動かした。踏切を渡ると、町は落ちついたものになってくる。彼は本通りから裏のほうにはいった。すると、町の様相が一変して、旧い大きな家並ばかりつづきはじめた。土蔵造りが多い。

問屋も小売屋も含めてがっしりとした白い壁の商家があるのは、この町の旧さが知られる。陽はすでに天頂近くに昇っていた。白壁がそれを静かにはじきかえしていた。

珍しい町の風景だ。近年、こういう古めかしい場所がだんだん少なくなっている。世に有名なのは、伊豆《いず》の下田《しもだ》と備中《びっちゅう》の倉敷《くらしき》だが、ここにもそれに負けないような土蔵造りの家が並んでいる。歩いている人間も静かなものだし、店の暗い奥にすわっている商人の姿も、まるで明治時代からその慣習《しきたり》を受けついでいるような格好であった。

横町を歩くと川に出た。これも風情のある木橋を渡ると、そこにも低いながら旧い家がつづいている。

梅木は、川のほとりに立った。川面には向かい側の白壁が逆《さか》さまに映り、民芸風な風景になっていた。

梅木は、しばらくそれに見とれていたが、そのうち、はっとあることに気がついた。

この景色はどこかで見たことがあるようだ。——そうだ、いつぞや山辺菊子の応接間でお目にかかった外国の石造りの家の風景と似ている。あれと感じがそっくりではないか。いや、それよりももっと彼自身が体験したものがある。〝あの女〟をアパートから連れだして、木場のあたりに佇んだのだが、そのときに見た風景がこれとひどく近い。

(あの女も水に映る材木問屋の家並をじっとみつめていたっけ)

ここに三つの相似があった。外国の田舎風景、木場の風景、そしていま、彼の眼に映っている旧い町の風景。——

梅木は、原型はここだと思った。この起点から、菊子の応接間にかかった外国の田舎風景の絵となり、あの女の木場風景の凝視となったのだ。

故郷はここだったのだ!

陽が真上から土蔵の壁と古い瓦《かわら》を光らせていた。川にも太陽が落ちている。静かな流れがその光を歪《ゆが》め、木橋の上を歩いている人影が水紋の中に動いている。しんと静まった、旧い町の旧い通りである。

3

梅木はその橋を渡り、また元の通りに出た。この通りに出るまでの、狭い路地がまたよかった。これは幾つもの小路に分かれているが、両側の高い土蔵のために路は影になっていた。壁の影が、反対側の高い白壁の半分まで隠しているのだ。これをこのまま西洋造りに置きかえると、まるで、佐伯祐三《さえきゆうぞう》描くところのパリの裏町風景だった。

その白壁が、ところどころ剝《は》げ落ちているのがいい。瓦《かわら》に草が生え、苔《こけ》が軒についているのもいい。歩いている子供の姿が洋服よりも着物が多いのもよかった。

広い通りへ出て、また土蔵造りの商店を一軒一軒眺めて歩いた。間口はどこも広い。屋号を入れたのれんが軒に下がっている。もちろん、奥は暗い。突きあたりに入口があって、そこにも小さなのれんがかかっている。事務を執《と》るところは近代的なそれではなく、まるで芝居の二番目狂言に出てくるような、囲いのある帳場だった。これでは、後ろに大福帳がかかっていないのが不思議なくらいである。梅木は、日本に取りのこされたこの町を大切にして見て歩いた。蠟燭《ろうそく》や線香を積んだ店、和紙を店先に積みあげた店、農具や種物、肥料を売っている店、和菓子屋、味噌屋、醬油屋、漆器屋、どれもこれも日本的でないものはない。

しばらく行くと、造り酒屋があった。もちろん、間口は広い。土間には酒樽《さかだる》が芝居の舞台のように積みあげられてある。高い框《かまち》の畳の一方には低い格子《こうし》をめぐらした帳場があった。そこに影のように細い男が、置物のようにすわっている。丸に二引きの屋号、〝周防灘《すおうなだ》〟の酒の名前、醸造元日下《くさか》商店の揮毫《きごう》——明治の銅版画から抜け出たような家だった。

隣りがまた面白い。漆《うるし》問屋で、屋根に掲げられた看板も、何百年経ったかしれない欅《けやき》の木に金箔ではめこんである。看板木は風雨にさらされて、それこそ漆を塗ったように真っ黒になって木目《もくめ》を出していた。いったいこのような町がいま日本のどこにあるだろうか。騒がしい世の中の空気がここにはこそともはいらないように、この町全体をガラスのケースですっぽりとかぶせて保存しておきたいくらいだった。

このとき、その造り酒屋の奥ののれんが動いた。歩きかけた足を停めてふと眼を向けると、正面の小さなのれんをかき分けて出たのは、着物の上に短い筒袖の半纏《はんてん》を着たおかみさんだった。半纏は細い縞《しま》である。下に着た着物は黄八丈の格子縞である。

梅木は、そのおかみさんの顔色を見た。すると、おかみさんも表に立っている通行人のほうに眼を向けた。二人の眼が合った。

梅木は、よほどのことに大きな声をあげるところだった。彼の眼は、おかみさんの顔に貼《は》りついた。ある運命に作用されたように、それは離れなかった。

彼女も梅木を凝視していた。〝あの女〟のその顔には動揺はなかった。悲しげな諦めに似た表情があるだけであった。

傍らの帳場には痩《や》せた老人が一人、つくねんと正座して帳簿を見ている。彼女も動かぬ。老人も動かぬ。梅木の脚もまた竦《すく》んでいた。

梅木は、やっとのことでその家の前から離れた。

逃げるように夢中で歩いた。来たときのように踏切を越えた。しかし、駅には向かわなかった。

いつのまにか海の見える通りに出ていた。

海は相変わらず凪《な》いでいた。島が浮かび、岬が右手に突き出ている。岬の上は山だった。

梅木は潮風に吹かれながら、そこに腰を降ろした。

まだ胸が鳴っていた。

あの女があの家にいた。明治時代の銅版画のような家の中にあの女が住んでいたのだ。

梅木がみつめたその顔は、最初に梅木が所沢街道で見たときのそれとは、まったく違った表情だった。旧い家にずっと居ついている造り酒屋の女房だった。

彼女には梅木がかつて見た派手さは少しもなかった。古い白磁を見るような艶《つや》を消した顔だった。

その表情は、

（とうとう見つけたのね）

と、梅木に向かって言いたそうだった。

見つけた。――

梅木は、しばらくそこにうずくまっていた。なぜ、あのまま店の中にはいらないでここまで逃げてきたか。その気持は自分で納得できた。彼は、もっとこの潮風に吹かれていたかった。漁夫が三人、訛《なまり》の強い言葉で話しながら前の砂浜を通っていた。

梅木は、ようやくそこから立ちあがった。今度こそ彼女と対決しなければならなかった。はるばるとここまで訪ねてきたことだ。不思議な事件を彼女の口から直接に聞かねばならぬ。

だが、彼の気持の中には対決という感情とはおよそ離れたものがあった。恋しい女に会いにきたという気持が強い。

それにしても、あの横にすわっていた老人は彼女の兄だろうか、それとも夫だろうか。暗い中で身動きもしないで帳面を見ていた酒屋の老主人なのである。

梅木は、ようやくの思いで元の通りに来た。陽が少し位置を動かして、白壁の影を変えている。どの店の中も暗いことには変わりはなかった。

ふたたび、酒屋の看板が見えたとき、心臓が激しく動いた。そこで彼女と会える。

店の前に来たとき、〝あの女〟は居なかった。帳場からも老人が消えている。あるのは人ひとりいない明治の酒屋の店先だった。

「もしもし。」

梅木は誰かに呼ばれた。振りかえると、二十一二ぐらいの、酒屋の法被《はっぴ》を着た男が小腰をかがめて立っていた。

「この家の者ですが、主人がどうぞ中におはいりくださいと申しています。」

梅木は、その男に案内されて家の横手にはいった。店とは別に、目立たないところに格子戸がある。関西によく見るような、軒の低い、狭い入口だった。玄関をはいってからものれんが下がっている。梅木は畳を踏んで暗い奥に案内された。土蔵の冷たさがそのままひんやりと空気を冷やしているような家の中だった。よく拭《ふ》きこんだ細長い廊下を歩いた。障子で仕切られた部屋の前を幾つか通ったが、中からは話し声一つ聞こえなかった。廊下に急に外の光線が当たったかと思うと、やや広い庭の渡り廊下に出た。

通されたのは茶室だった。そこに誰もいない。案内した番頭のような男も一礼をして退《さが》ったままだった。夕方の陽が庭の古い石や松の上に置かれて静まりかえっている。正面の塀《へい》の上には、隣りの家の土蔵の棟《むね》が屏風《びょうぶ》のように立っていた。

梅木は、そこで、煙草を吸って長いこと待たされた。その間に、女中が来て抹茶《まっちゃ》茶碗を置いて退《さが》った。

微かな足音が廊下から聞こえた。梅木は居ずまいを直した。

はいってきたのは、〝あの女〟ではなく、店先の暗い帳場で古い帳面を繰っていた痩せた老人だった。その顔を一目見て、梅木は、はっと思った。それは山辺夫人の応接間にかかげられた古い写真の主であった。いや、むろん違う、写真の当人ではない。しかし、老人はあの写真の人とそっくりの顔を持っていた。違うのは、眼の前の人には、写真に感じられたきびしさや、たけだけしさがないことであった。もっと弱々しく、もっと老《お》いていた。梅木に会うためにわざわざ着物を着がえたらしく、縫紋の羽織をつけている。紋は抱《だき》茗荷《みようが》だった。前かがみの老人は音もなく梅木隆介の正面に正座した。

「私が、この家の主人江藤平右エ門でございます。」

彼は細い声で言うと、梅木にていねいにお辞儀をした。

梅木が名刺を出すと、それをおしいただくようにして受けとったが、別段、活字の文字を改めるまでもなかった。名刺は老人の座蒲団の前に置かれたままになった。

「わざわざ東京からお越しになってご苦労さまでございます。」

江藤平右エ門は、たるんだ皺《しわ》に囲まれた眼をしょぼつかせた。その眼は赤かった。羽織の肩は老人の骨が張っていた。

「家内とは東京でお知りあいになったそうで。」

どう言っていいかわからない梅木に老人のほうから言いだした。少しも動揺のない淡々とした言い方だった。すわって背をまるめているのは、帳場で見かけた姿のままなのである。やはり置物という感じ以外にはしなかった。

梅木は、この老人から家内と言われて、推察はついていたが、改めて〝あの女〟の夫を見つめた。尖《とが》って細い鼻、すぼんだような口、落ちくぼんだ眼窩《がんか》、脂肪のない頬、あらわに出ている頬骨、咽喉《のど》の下の皺《しわ》のたるみ。——

「家内は都合でお目にかかれなくなりました。」

老人は、梅木の気持を察したように先に言った。

「しかし、いっさいの事情は家内から聞いております。どうかゆっくりとして帰ってください。」

梅木は、〝あの女〟がここに姿を現わさないだろうことは予想していた。そして、あの暗い帳場で見た老人と、こうして二人きりで対座するであろうことも想像していた。それが以前から予定されたような錯覚にさえなった。

いつか、こういう痩せた老人と、このような場所で、こういう位置にすわっていたのを、夢で見たような憶《おぼ》えがある。この庭も、陽のうすれ加減も、隣りの家の土蔵も、そっくりそのまま遠い淡い記憶にあったようである。老人の静かな話しぶりも、夢の中と変わりはない。ただ現実は、老人の口からはっきりと細い声が出ていることである。

「家内はみゆきと申します。私とは十歳違いでございます。」

十歳？

梅木は眼をみはった。あのわかわかしい女の身体を思い浮かべた。五十歳だろうか。この老人は、どう見ても六十以下ではない。すると、彼女は五十歳だろうか。

老人、いや、江藤平右エ門は、梅木隆介の疑問がすぐにわかったように軽いほほえみを浮かべた。

「ごらんのように、私はどなたにも六十ぐらいに見られますが、じつは四十六でございます。」

不躾《ぶしつけ》だが、梅木は、思わず老人の凋《しぼ》んだ顔をのぞきこんだ。白髪の混じったうすい髪、深い皺、しょぼしょぼした眼、うすい眉、尖った頬と顎《あご》、その下の筋張った咽喉《のど》……どう見ても彼は六十歳以下ではなかった。

「家内は私と反対に、実際の年齢《とし》よりも十《とお》は若く見えます。町を歩いていると、知らない人は父娘《おやこ》と間違えました。」

平右エ門は話した。

「家内といっしょになったときは、そんな隔たりはありませんでした。今から二十年前、私たちは結婚しましたが、みゆきはある旧華族の娘でした。当時、家内は十六歳でございました。」

「旧華族？　それでは楠尾さんの？」

「現在の当主は楠尾英通です。」

平右エ門はうなずいた。

「楠尾の家は山陰の大名でした。明治になって伯爵となりました。私の祖先は代々この地方の地主でしたが、先々代は勤皇《きんのう》の志士の仲間となり、伊藤博文公にたいへんかわいがられた人でございました。伊藤公は、この町のすぐ北の生まれです。私とみゆきとの結婚は、みゆきの異母兄の楠尾英通の親友であり、私の父の妹の山辺菊子がまとめたものでございます。」

梅木はときどきうなずき、平右エ門の静かな話に聞きいった。

「私たちが結婚したとき、みゆきは十六歳という子供でしたから、世の中のことは何もわかりませんでした。楠尾家がどういうわけでみゆきを学習院にも入れないで私のほうに嫁《かたづ》けさせたかは、しばらくしてわかったのですが、このみゆきは先代の妾腹の子だったからでございます。なんでも母親は赤坂あたりの芸者だったともいいます。しかし、みゆきが生まれたときはそのほうの縁は切れて、実の母親の消息も不明になってしまいました。結婚後十年ぐらいは何事もありませんでした。ところが、それからのち、みゆきの身体の中に変化が起こったのでございます。」

平右エ門はしばらく言葉を切らしたあと、いかにも話しづらそうにしていたが、しかし、言葉はやはり以前と同じように淡々としたものだった。

「一口に申しますと、お恥ずかしいことですが、みゆきの欲望に異常な亢進《こうしん》が見られるようになったのでございます。私はその後五六年の間にすっかり、このような老人になってしまいました。そのうち、悪いことに、みゆきは私の家に来ていた糀《こうじ》造りの酒男と妙な仲になったのでございます。この男は県内の者ではなかったので、私はすぐに手を切らせました。たいそうな金を与え、まだ世間に知れないうちに、その男を郷里に帰してしまいましたが、それからというものは、ひと時もみゆきに油断がならなくなったのでございます。」

「それで、東京にときどき奥さんを行かせていたのですか？」

「そうです。なにしろ、この土地は狭うございますから、ちょっとしたことでも噂になります。東京に行けば、みゆきがどのようなことをしようと、身元さえうまく匿《かく》せば迷惑を受けるようなことはございません。みゆきを兄の楠尾英通のもとに預けておいたのですが、そこで家内が何をしていたか、私にもおぼろげに想像はついていました。」

「あなたは奥さんに愛情を持っていらしたわけですね？」

「はい。あれがどんなことをしようと、私は別れる決心がつきませんでした。あれもまた、そんなふうにほかの男を求めていても、私にはいい女房でした。とても尽くしてくれます。けれども、あれの体内にある忌《いま》わしい血は、二カ月と私の家にじっとすることができなかったのでございます。」

「ああ、それで一カ月おきに奥さんの上京となったのですね？」
「そうです、そうです。楠尾の義兄《あに》もずいぶんはらはらして心配したようですが、みゆきはどういうものか、相手に地位のある者は選びませんでした。収入の少ない、その代わり身体のがっちりした、どちらかというと下級の生活を好みました。多分、これは先代の血のせいではないかと思います。」

4

先代の血。——その先代がどういうことをしたか、平右エ門は語らなかった。梅木隆介もきかなかった。しかし、梅木は、貴族社会にはそういう血が流れていることを知識で知っていた。ある伯爵の娘は、お抱え運転手と駆けおちをした。

下賤《げせん》な者への憧《あこが》れ。——それは貴族社会への反逆といったような通りいっぺんの解釈では当たらない。長いこと培《つちか》われた因習が、無意識的に人間の野性的な本能の血を甦《よみがえ》らせたといえようか。

みゆきも平右エ門とは逆な男に、その身体の充足を求めたのであろう。そういえば、彼女の好みには年齢的にも体格的にも一つのきまった型があった。もし、事情が許せば、彼女は街頭の淫売婦にでもなって、そういう男性ばかりを選んでいたかもしれない。

「みゆきが東京から帰ると、その一月間はとてもおとなしい女になっていました。私の世話は言うまでもなく、商売のほうの面倒や、雇人への心遣いなど申し分のない酒屋の女房になりきっていました。私はそうした家内を見るたびに、一匹の野犬が戻ってきたような怖《おそ》ろしさを覚えました。その口には、まだ他人の血がいっぱい含まれて滴《したた》っているようにさえ見えました。けれども、私は家内と別れることはできませんでした。たとえ、そのことが禍《わざわ》いとなって、この家が潰《つぶ》れようとも仕方がないと思っていました。家内はそういう病気を持っているのだと、諦めていればよかったのです。」

「……………」

「楠尾の義兄《あに》もずいぶん心配していたようです。叔母の山辺菊子といっしょに、なんとかみゆきの病気が外に知れないように、東京でずいぶん心配もし、世話も焼いていたようです。ところが、とうとう、みゆきも楠尾の義兄や叔母の協力をもってしても防ぎきれない破綻《はたん》を迎えました。」

「それはみゆきさんがあなたに言われたのですか？」

「そうです。最後に打ち明けてくれました。それもあなたがここにまもなく見えるだろうということを話してからです。」

「ぼくがここに来ることを？」

「はい、みゆきは知っていたのです。いつかは東京からこういう方がここを捜しに見える。

その方はきっとわたしを見つけだす、家内はそう言って恐れていました。それがとうとう今日になったのでございます。」

「すると、みゆきさんがいっさいを告白なさったのは、ぼくがこのお店の前に立ったあとからですね？」

「そうです。つい一時間前です。」

「奥さんはどこにおられますか？」

「ここにはいません。」

「え？」

「東京に参りました。」

梅木は、あっと叫ぶところだった。

5

梅木が小一時間この海岸で海を見ていたとき、みゆきは駅から汽車に乗ったのだろう。

それにしても、この平右エ門はなんという男だろう。その面上には相変わらず、この白壁のようにこそとも表情が出ていない。黄ばんだ艶のない顔は、土塀の土の色を思わせる。

この男はみゆきから殺人事件のいっさいを聞いたのだろうか。そして浜田弘や、自動車のセールスマン村岡や、証券会社の契約係林田庄三などが妻のために殺されたのを知っているだろうか。それから、その妻が下町のヤクザの親分と同棲していたことを妻の告白から聞きえたであろうか。

みゆきは東京に行ったというが、それは梅木の追及からのがれたいからに違いない。行く先は、義兄の楠尾英通の家だろうか、それとも下町のごみごみした、あのヤクザの住むアパートの二階だろうか。

「あなたにお見せしたいものがあります。」

このとき、平右エ門は言った。彼は和服の懐《ふところ》を探ると、一通の手紙を出した。

「義兄の楠尾からです。あなたがここに見えたら、渡してくれ、ということでした。」

「楠尾さんが？」

梅木は眼をみはった。

「そうです。義兄もあなたがいつかはここを尋ねあてていらっしゃることを知っていました。まあひとつ、読んでみてください。」

梅木は封筒をあけて、かなり分厚な便箋をひろげた。達筆な文字だった。彼はくいいるようにその文字を拾っていった。

〝妹のみゆきがどのようにして東京に出てきて、また数々の男と交渉を持っていたかは、はるばる東京から訪ねてこられたあなたに平右エ門が説明したことと思います。妹のみゆきはあなただけをひどく怖《おそ》れていました。そして、あなたの飽くことを知らない追及心が、いつかはこの山陽の小さな町に足を運んでくることを予想していました。そのときが私どもの破滅の日なのです。

みゆきは、あなたもご承知の浜田弘君と関係していました。その以前は、自動車のセールスマンをしていた村岡という男です。浜田君のあとは、新宿のM証券に勤めている林田という男でした。いずれも四十前後の、雑草のような生活力の強い男たちでした。

みゆきが何ゆえにこういう男たちを求めていたかは、平右エ門の説明でおそらくあなたにもおわかりになったことと思います。これは私の手でも、夫の平右エ門の手でもどうにも防ぎようのなかった悲劇なのです。みゆきはそれなりに平右エ門を愛してはいたようです。しかし、どうしても肉体的な衝動を自分でおさえることができなかったのでした。そういう相手となった男に、少しも精神的な愛は感じなかったようです。不幸なことに、妹は美しすぎました。相手の男はみんなみゆきに熱中し、いつまでもみゆきを放したがらなかった。女の場合なら金で片づくことでも、男はそうはゆかなかった……。

村岡の場合もそうでした。彼はどこまでも妹に追いすがり、危うく彼女の身元が知れそうになりました。彼を殺したのは私です。妹への不憫《ふびん》さと、次にはまだ旧貴族社会にいくらかの夢を保っている私の名誉の防衛のためでもありました。

浜田君の場合もそうです。彼ほど妹のみゆきにまつわっていた男はいません。彼は会社から休暇をとってみゆきと旅行に出ました。その旅を最後に、二人は別れることになっていました。ところが、彼はますます、みゆきに執着《しゅうちゃく》して別れるのを承知しないのです。予定の休暇が切れても、彼は箱根に滞在し、私の山荘にいたみゆきと会いつづけました。みゆきは人目につくのを恐れて、浜田君にバスを利用しないで来る近道を教えていました。だから事件のあとで警察がバスの運転手や車掌を調べても、何もわからなかったのです。私は、なんとか、彼にみゆきを思いきらそうと努力したのですが、彼はききいれません。女房とわかれて、みゆきと結婚したいなどと言いだす始末でした。とうとう私は、彼に、なんとかその希望をかなえるようにしようと言って、宿屋を出発させたあとで山荘によび、睡眠薬で眠らせて絞殺しました。そして死体を捨てたのです。これには私の親友であり、みゆきの義理の叔母である山辺菊子に事情を打ち明け、善後策を相談しました。つまり山辺菊子は、私たちのその犯罪がわからないようにカバーをしてくれる役目だったのです。

あのあと、あなたは箱根のホテルに来ていましたね。そして、あなたが、若い女性をあのホテルのメイドにしていたことも、山辺菊子は感づいていました。しかし、私があなたを殺さなかったのは、あなたが妹にとって肉体的な交渉をもたなかった人間だからです。少なくとも妹と一度でも関係があれば、私は殺すのに躊躇《ちゅうちょ》しません。こう言うと、あなたは私の血にも実の妹を愛する一種の近親相姦的なコンプレックスをお認めになるでしょう。私はそれを否定しません。ただ妹かわいさのあまりだけの感情だったら、人を殺してまで彼女をかばうことはしなかったと思います。いくら私が名誉欲に強くても……。

そうです。あなたはごらんになったそうですね。みゆきが、いつも肌につけていた、あのペンダントを。あれは私が出入りの彫金師につくらせてみゆきに与えたものです。まだ妹が結婚する以前にです。みゆきと私とは親子ほど年が違いますが、仲のいい兄妹でした。いや、兄妹でなかったら私はみゆきを決して他の男に嫁《とつ》がせたりはしなかったでしょう。

浜田君の事件のあと、みゆきはしばらく私の山荘にかくれていましたが、事件がうやむやになりそうなのを見きわめて、私は妹を出してやりました。山辺菊子と三人で会ったあと、みゆきは夫のところに帰り、当分東京には出てこないことに、きめたのです。ところがみゆきは、またも社用で箱根の山辺菊子のところに来たM証券の林田と交渉をもったばかりか、どうしてもみゆきと結婚したいと言いはる林田をもてあまして、私のところに連れてきてしまったのでした。あなたが新聞社からと言って電話してきたのはちょうどそのときだったのです。あなたの電話がおかしいと気づいたのは林田でした。あの男は、あなたの電話が、みゆきの夫か、他の愛人からのものだと思ったのです。私は林田を私の家に泊めて、みゆきだけ帰しました。あなたが外で見張っているかもしれないと思ったからです。林田はその翌日、広島へ出張すると言って出かけました。私は、林田も殺さなければならないと知りました。妹が山陽沿線の柳井の町に潜《ひそ》んでいることも知り、私のことも知ったからです。私は彼に金をやり、みゆきを諦めるよう説得しようとしました。しかし、だめでした。彼は、みゆきに夢中だったのです。私はみゆきに策を授け、彼を湯河原の万葉公園に誘いこませ、ある男の手で、夜二人が密会しているところを、背後から忍びより、いきなり断崖上から渓流に向かって突き落とさせました。

ある男というのは、下町のヤクザの親分です。

妹は林田と交渉を持ちながら、一方、その男ともいい仲になっていました。これには私も仰天しました。

妹は湯河原で、その男の手を借りましたが、そのあと、ずっときびしく監視されている様子だったのです。私はなんとかしてそのヤクザのもとから妹を救いださなければなりませんでした。私はあなたが山辺夫人の家に行って妹のことを話したとき、電話ですべてを聞きました。そして、私よりも、あなたに、その役目をやってもらったほうがいいと考えつきました。ことはうまく運びました。あなたがアパートに行ったとき、私も山辺菊子の車の後ろから尾《つ》けて現場に来ていました。そして、あなたが妹をうまく脱出させ、あの木場のほとりに立ったとき、あなたを川に突き落としたのです。もちろん、あんなことであなたが溺死《できし》するとは思いません。それは要するに、みゆきをあなたのもとから逃がしただけで目的は達するのです。

これ以上詳しいことをこの手紙に書くことができません。もし、もっと詳細なことを知りたかったら、あなたはすぐに東京に引きかえしてください。そして、まっすぐに私の家に来るのです。〟

梅木が顔をあげたとき、江藤平右エ門は、相変わらず痩せた身体を置物のように据え、両手を膝の上に揃えて、つくねんと首をかしげていた。

梅木は、その晩の急行に乗った。おそい夜更けの時間であった。この列車が東京につくのは翌日の夕方になる。梅木はその十数時間のあいだ、のろい車内で足踏みしたいくらいだった。

梅木は、六時ごろ品川駅に降りた。彼がタクシーで麻布の永坂にある楠尾邸の前に着いたとき、半ば予期したことだが、全身の血が逆流した。

庭前から二つの柩《ひつぎ》が霊柩車の中に運ばれるところだった。まばらな弔問客が、その両側に立っている。異様なことに、その一群の中に警察官がまじっていた。それで気づいたことだが、霊柩車だと思ったのは錯覚で、死体を解剖室に運ぶ黒い運搬車であった。

その一群の中から、山辺菊子が顔を梅木のほうに向けた。これも悲しげな、怒ったような、そして絶望をまじえた表情で梅木を凝視していた。

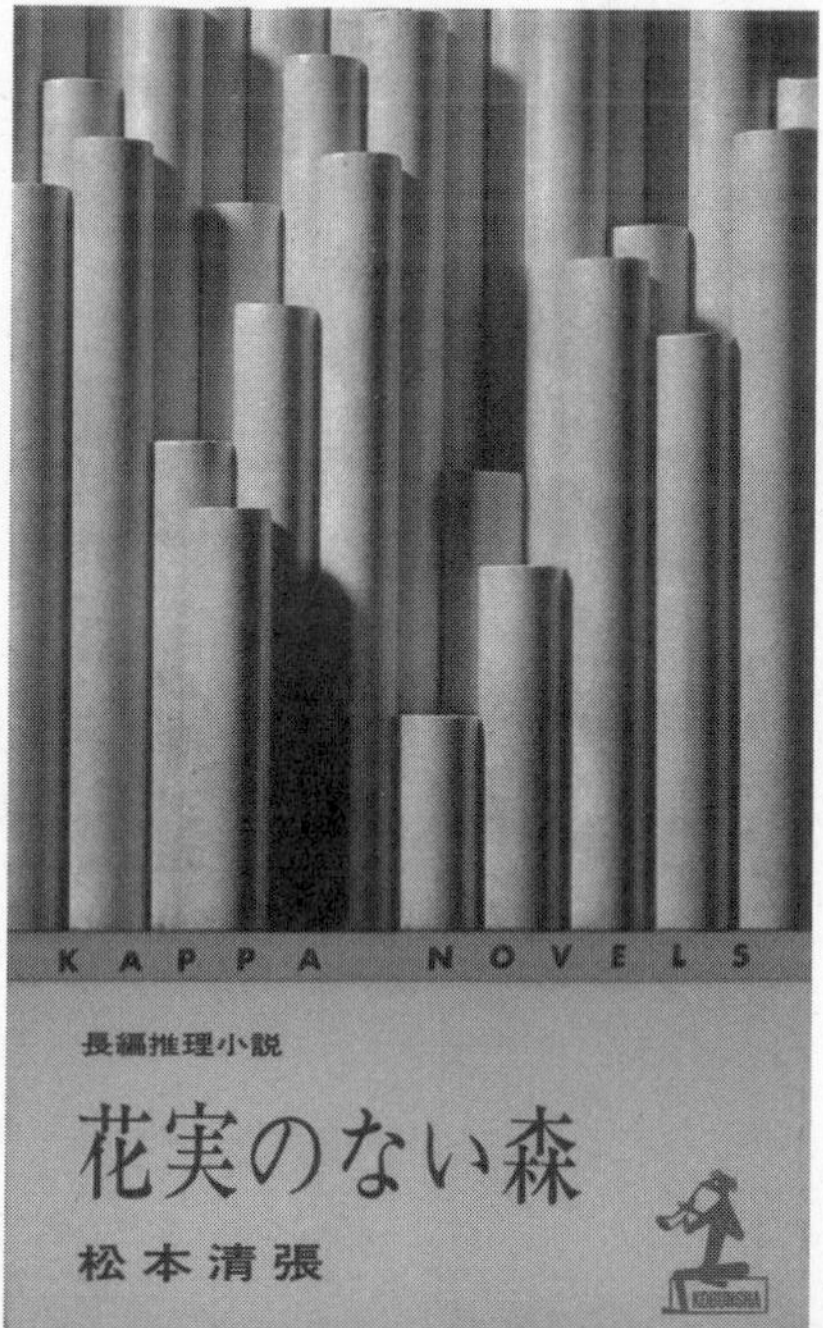

『花実《かじつ》のない森』にも万葉歌《まんようか》が引用されて物語に浪漫的《ろうまんてき》な香《かお》りを添えているが、『万葉集』は松本清張の、少年時代からの愛読書の一つ。いちばん好きな歌は〝秘密〟の由《よし》で、どうやら熱烈な相聞歌《そうもんか》であるらしい。

カッパ・ノベルス版の裏カバーより

解説

山前《やままえ》　譲《ゆずる》
（推理小説研究家）

質と量の両方において、八千メートル級の高峰が連なる壮大なヒマラヤ山脈を思わせるのは、四十年にわたる創作活動によって形成された松本清張の作品群である。そのすべてを踏破するのは至難の業《わざ》と言えるだろうが、六冊の極上のミステリーをセレクトした光文社文庫の〈松本清張プレミアム・ミステリー〉は、恰好の登山口となっているのではないだろうか。

選挙資金をかすめとった男の数奇な物語『告訴せず』を最初に、男女の愛憎が殺意を募らせていく『内海《ないかい》の輪』、海外を舞台にした謎解きの『アムステルダム運河殺人事件』、戦後日本の闇にスリリングな物語を展開した『考える葉』と刊行され、本書『花実《かじつ》のない森』が五冊目となる。〈松本清張プレミアム・ミステリー〉はさらに、不可解な倒産をした会社の経営陣に死が訪れる『二重葉脈』が刊行されるが、いずれも光文社刊のカッパ・ノベルスを底本としての文庫化である。

一九五一年に「週刊朝日」の懸賞小説に入選した「西郷札《さいごうさつ》」を第一歩とする創作活動の

根源にあったのは、やはり尽きることのない好奇心ではないだろうか。あらゆる分野において、人類の発展は好奇心の賜《たまもの》だが、歴史・時代小説、ミステリー、社会と人間の闇、ノンフィクション、考古学など、松本清張がその創作活動で見せた好奇心は、読者を虜《とりこ》にした。

『花実のない森』の主人公で会社員の梅木隆介《うめきりゅうすけ》もまた、好奇心の旺盛な青年だった。ようやく買った自家用車で秩父方面へドライブした帰り、夫婦だという男女を乗せる。タクシーがなかなか拾えなかったというのだが、梅木は妻の、良家に育ったものだけが醸《かも》し出す典雅な感じに強く惹《ひ》かれるのだった。そして思うのである。この下品な亭主にはもったいないと。

帰宅して車内を掃除していると、名刺入れの落ちているのに気付いた。あの夫のものだろう。名刺によれば浜田弘《はまだひろし》、商事会社の営業課長である。自宅らしいアパートの住所も書きそえられていた。翌日の夕方、名刺入れを持ってそのアパートを梅木は訪ねる。だが、扉をノックして顔を出してきたのは、昨夜の妻とは似ても似つかぬ女だった……。

あの女は、浜田の愛人だったのか？　その正体が気になる梅木は、会社帰りの浜田を何度も尾行する。するとある日、浜田があの女性と喫茶店で待ち合わせたではないか。彫りの深い顔は陰影を近代的な感じでつけていた。すらりとした華奢《きゃしゃ》な姿は、どうみても良家の令嬢か若奥様という品の良さである。

好奇心は嫉妬心へと変わっていく。梅木は浜田と別れた女性を尾行する。そして突き止めたアパートの一室……。だが、女性の正体は分からない。ますます好奇心を抑えきれなくなった梅木は、ついには休暇を取ってまで、その女性の素性を調べはじめるのだった。

彼の行動は、現代ならばストーカーと言われても仕方がないだろう。しかし、そこまでして追いかけたくなる魅力的な女性だった。しかもじつに謎めいた女性である。そして梅木はしだいに、彼女の周囲に漂う死の影に気付く……。

梅木に恋情を燃え上がらせた謎の女性の、イメージをいっそう印象的なものにしているのは『万葉集』である。彼女は梅木の車にペンダントを落していった。その表面にはかな文字が刻んであった。それが『万葉集』の歌だった。


　もみぢばのちりゆくなべにたまつさのつかひをみればあひしひおもほゆ

作者は三十六歌仙のひとりで、『万葉集』随一の歌人とされる柿本人麻呂《かきのもとのひとまろ》である。漢字交じりにすれば、「黄葉の　散りゆくなへに　玉梓の　使を見れば　逢ひし日思ほゆ」となる。亡き妻を偲《しの》んで詠《よ》んだという。

『万葉集』は七世紀後半から八世紀後半にかけて編《あ》まれた、全二十巻からなる日本最初の和歌集で、四千五百首余りからなる。選者は大伴家持《おおとものやかもち》とも言われているが、誰かひとりの手によって編集されたものではないようだ。

恋愛をテーマにした相聞歌や、死者を悼《いた》む挽歌のほか、宮廷の様子を背景にした歌からは、雅《みやび》な雰囲気がうかがえる。また、庶民の暮らしぶりや自然を捉えた歌は、当時の日本と日本人の姿を知るうえで貴重な資料だ。巻十四にまとめられている現在の関東や東北地方を舞台にした東歌《あずまうた》や、巻二十の防人歌《さきもりうた》など、方言研究では基礎的史料となっている。

松本清張作品と『万葉集』と言えば、やはり一九六一年に連作『影の車』のひとつとして発表された「万葉翡翠《まんようひすい》」である（光文社文庫版松本清張短編全集第十一巻『共犯者』に収録）。若い考古学助教授が研究室の学生に、『万葉集』の歌に織り込まれた字句から古代生活を探求する、万葉考古学をやりたいと思っていた時期があったと言い、ひとつの万葉歌を学生たちに課題として与える。

渟名河《ぬなかわ》の　底なる玉　求めて得まし玉かも　拾《ひり》ひて得まし玉かも
惜《あたら》しき君が　老ゆらく惜しも

作者未詳の歌だが、解釈自体は難しくない。助教授はこの歌の「玉」に注目するのだ。それは女性の首飾りにしていた勾玉《まがたま》のことだろうが、歌の意味からして、その材質が翡翠ではないかと解釈するのである。日本では翡翠は産出しないというのが常識だった。そして、「渟名河」に着目して、助教授と学生たちが、翡翠の産地を論じている。

もしそこに、本当に翡翠があったなら大発見である。夏休みを利用して学生たちが、それぞれの解釈によって実地検証に旅立つが、そのうちのひとりが、行方不明となってしまった。そして一年数か月後、思わぬところからその消息が……。

発表時から二十年ほど前の、実際の考古学上の新発見をベースにしているのだが、そのユニークなテーマに加えて、短歌に端を発する犯罪発覚のプロセスが斬新だった。ちなみに、日本海側の山中にあるその翡翠の発見地は、天然記念物に指定されている。また、隣県の、かつて大伴家持が国守として赴任した地には、万葉線と名付けられた鉄道路線がある。

万葉歌が主人公の心境とオーバーラップしているのは、一九六三年発表の「たづたづし」だ。

夕闇は路《みち》たづたづし　月待ちて行《い》かせ　わが背子その間《ま》にも見ゆ

背子とは夫や恋人を意味し、夜の道は不安だから、月が出てからお帰りなさいと、逢瀬の別れがたい心境を詠んでいる。「豊前国の娘子大宅女《おおやけめ》の歌一首」だが、月夜に不倫相手のアパートに通う男が、この歌に心惹かれるのだった。余情たっぷりのラストシーンもまた、月が印象的な一作である。
『万葉集』と松本清張自身との縁については、エッセイ「私の万葉発掘」（一九七三）の冒頭にこう記されていた。

私は『万葉集』をとくに勉強したものではない。古代史や考古学関係の本をわりによく読むので、それにかかわりあいのありそうなところを『万葉集』から捜索していた程度である。壬申の乱と『万葉集』とは密接だし、考古学でも遺蹟と『万葉集』とはきりはなせないものがある。

もちろん世代的に『万葉集』には早くから親しんでいただろうが、本格的なアプローチはミステリーを書きはじめてからのようだ。というのも、このエッセイではいくつかの歌を取り上げ、論理的に、まさに意外な解釈を導き出しているからである。それはミステリーの謎解きに相通じる。
「万葉翡翠」のモチーフとなった歌についても、『全註釈』『注釈』『日本古典大系本』で解釈をおこなった国文学者が、戦前の硬玉発見報告、ならびに終戦後に出た調査報告書に気がつかなかったのはどういうことだろうか。国文学者は考古学のことにも絶えず注意をしてもらいたいものである。『記・紀』ばかり読んでいて、あれこれと付会するだけでは知見の狭さを語るだけだ〞と、さまざまな方向に好奇心の網を投げかけていた松本清張らしい、鋭い指摘がなされている。

そんな『万葉集』の時代の、雅な雰囲気をたたえた女性の正体を、梅木は必死に追い求める。だが、それは危険な好奇心でもあった。いつしか彼の追跡は、殺意に迫る推理の旅となっていく。

『花実のない森』は「黄色い杜」のタイトルで「婦人画報」(一九六二・九〜一九六三・八)に連載されたのち、一九六四年十月にカッパ・ノベルスとして刊行された。文春文庫(一九七五・十二)からも刊行されている。

『万葉集』でいう東国に始まったミステリーは、しだいにその舞台を広げていく。終盤には『万葉集』ゆかりの公園も登場し、梅木はそこで重要な手がかりを得ている。松本清張作品らしく旅情たっぷりだが、謎解きで重要な意味をもつ地方都市には、本作の一文を刻んだ文学碑も建立されている。

本来、森は花も実も豊かで、さまざまな命の場だろう。しかし、その花も実もなくなってしまったら……。万葉歌を背景にしたロマンチックなサスペンス・ミステリーの結末は、じつに切ない。

一九六四年十月カッパ・ノベルス（光文社）刊

光文社文庫

長編推理小説
花《か》実《じつ》のない森《もり》　松本清張《まつもとせいちよう》プレミアム・ミステリー
著　者　松《まつ》　本《もと》　清《せい》　張《ちよう》

2013年6月20日　初版1刷発行
2024年8月25日　8刷発行

発行者　三　宅　貴　久
印　刷　堀　内　印　刷
製　本　ナショナル製本

発行所　株式会社　光　文　社
〒112-8011　東京都文京区音羽1-16-6
電話 (03)5395-8149　編　集　部
8116　書籍販売部
8125　制　作　部

落丁本·乱丁本は制作部にご連絡くだされば、お取替えいたします。
ISBN978-4-334-76584-2　Printed in Japan

組版　萩原印刷